나는
초콜릿의
달콤함을
모릅니다

나는 초콜릿의 달콤함을 모릅니다

타라 설리번 지음 | 이보미 옮김

푸른숲주니어

차
례

소원은 언제나 이루어지지 않는 법

나는 중요한 것만 센다.

내리치고, 비틀고, 던지고, 확인. 다시 내리치고, 비틀고, 던지고, 확인. 이제 겨우 25개째 열매다.

아침으로 먹은 건 묽은 수프 한 그릇이 전부다. 카카오 열매를 하나 슬쩍해서 먹고 싶지만, 농장 주인인 무사 사장이 너무 가까이 있어서 쉽지가 않다. 잠시 손을 멈추고 이마에 흐르는 땀을 훔친다. 잘 모르는 사람들은 나무 위가 시원한 줄 알겠지만, 나무 중턱까지 올라가도 바람 한 점 없는 날이 있다. 날씨 탓인지 바닥에 뒹구는 열매들이 축 늘어져 보인다.

나무 아래에 있는 세이두는 내가 던져 준 열매를 자루에 주워 담는 일을 도맡고 있다. 아직 여덟 살밖에 안 되었기에, 내가 일부러 세이두에게 쉬운 일을 시켜도 농장 주인들은 못 본 척해 준다. 그러나 봐주는 건 딱 거기까지. 우리도 다른 아이들과 똑같은 양의 카카오 열매를 따 가야 하니까. 자루 하나에 적어도 40~45개씩은 빵빵하게 채워야 세이두가 두들겨 맞지 않는다. 나까지 맞지 않으려면 더 꽉 채워야 하고.

나는 나무 기둥을 타고 미끄러지듯 내려와 어깨에 자루 두 개를 짊어졌다. 멍든 자리가 자루에 짓눌려 아팠다. 그래도 어쩔 수 없었다. 세이두에게 자루를 지게 할 수는 없으니까. 대신에 세이두는 마체테(끝이 휘어진 기다란 칼—옮긴이) 두 개를 손에 들었다.

"사장님! 저흰 다른 나무로 갈게요!"

"그래라!"

무사 사장은 우리를 흘깃 돌아보면서 외쳤다. 몇 분 지나지 않아 곧 우리를 감시하러 따라올 거다.

수많은 나무를 지나쳐 걷고 또 걸었다. 옹기종기 매달린 카카오 열매가 마치 우리를 비웃는 듯했다. 아직은 우리가 원하는 색깔이 아니었다.

나는 얼마나 많은 카카오나무를 그냥 지나쳤는지 세지 않는다. 어차피 중요하지 않은 건 세지 않기 때문이다. 설익은 카카오 열매도 세지 않는다. 할당량을 채우지 못해 두들겨 맞은 횟수도 세지 않는다. 집에 갈 수 있다는 희망을 버리고 난 후 얼마나 많은 날이 흘렀는지도 세지 않는다.

이윽고 건너편 카카오 숲에 이르렀다. 자루를 땅에 패대기치고 몸을 푸는데 졸졸 잘 따라오던 세이두가 갑자기 발을 헛디뎌 미끄러졌다. 세이두의 앙상한 어깨가 아래로 풀썩 주저앉았다. 녀석이 얼마나 피곤한지 뻔히 알지만 아무것도 해 줄 수가 없었다. 벌써 오전이 거의 다 지났건만 70개나 더 따야 했다.

"내 마체테 내놔."

세이두는 도끼눈을 하고서 나를 노려보다가 마체테를 건넸다. 그러다 얼굴을 잔뜩 찌푸린 채 나직한 데 달린 카카오 열매 쪽으로 뛰어가 손으로 쥐고 비튼 뒤 줄기에 칼질을 하기 시작했다.

나는 마체테를 입에 꽉 물고 맨발에 맨손으로 매끈한 나무를 타고 올라갔다. 자르기 딱 좋은 크기와 색깔을 하고 있는 열매 수를 헤아린 다음, 나무 몸통에 다리를 감고 버티면서 반들반들한 자줏빛 열매를 잡고 가지를 마체테로 내리쳤다. 한 번 강하게 내리친 다음 꺾어 비틀면……. 자, 이제 26개.

26개째 열매를 던지고서 아래쪽을 살펴보니, 세이두가 아까 붙들고 있던 줄기에 여전히 매달려 낑낑대고 있었다. 깡마른 팔에 힘이 제대로 들어가지 않아 마체테가 연거푸 손에서 미끄러졌다. 조심하라고 소리를 지르고 싶었지만, 꾹 참고 나무를 천천히 타고 내려갔다.

"잠깐 쉬었다 하자."

"난 하나도 힘 안 들거든?"

세이두는 그렇게 대꾸했지만 마체테를 든 손이 부들부들 떨렸다.

"아이고, 난 좀 쉬었다 해야겠다."

나는 일부러 세이두 앞에 털썩 주저앉았다. 그러고는 방금 딴 카카오 열매를 주워다 마체테로 내리쳤다. 한 번, 그리고 또 한 번 내리치자 드디어 열매가 쫙 벌어졌다. 그 틈에 칼을 끼우고 벌려서 반으로 완전히 쪼갰다. 두툼한 껍데기 안에 빽빽이 들어차 있는 카카오 씨앗은 끈적끈적한 과육으로 덮여 있었다. 손가락으로 씨앗들을 긁어 낸 뒤, 반은 내 입속으로 쑥 밀어 넣고 나머지 반은 세이두에게 내밀었다.

"자, 먹어."

세이두가 내 옆으로 와서 살며시 앉더니 나무에 편하게 기대었다.

카카오 씨앗은 끈적끈적하면서도 바삭바삭했다. 나는 입을 우물거리며 빈 껍데기를 숨길 데를 찾아 주변을 두리번거렸다. 열매를 파먹다 걸리면 끝장이지만, 여기 아이들은 기회만 생기면 어떻게든 몰래 먹곤 했다. 농장에서 밥을 제대로 챙겨 주지 않으니 이거라도 먹어야 기운을 낼 수 있었다.

세이두는 먹는 속도가 느렸다. 녀석은 좀 더 쉬게 내버려 두고 나만 먼저 일어섰다. 낮이 점점 짧아지고 있었다.

나무를 중간 정도 올라갔을 무렵, 자동차 모터 소리가 들렸다. 나는 재빨리 시야가 훤히 트인 나무 꼭대기로 올라갔다. 울창한 나무와 무성한 수풀이 녹색 바다처럼 끝도 없이 펼쳐진 가운데, 군데군데 터를 닦아 놓은 땅이 갈색 얼룩처럼 보였다. 울창한 나무와 무성한 수풀을 이리저리 가로지르며 길게 나 있는 황갈색 흙터 자국은 피스테르(농가에서 생산된 카카오 씨앗을 무역상에게 납품하는 배달 기사―옮긴이)들의 트럭 바퀴 자국이었다. 바퀴 자국을 따라 피어오르는 먼지가 농장 마당을 향하고 있었다.

세이두가 물었다.

"무슨 소리야?"

"트럭이 오고 있어."

"피스테르? 다음 주까진 안 올 거라고 했잖아. 누가 또 새로 들어오나?"

이렇게 인적이 드물고 외진 지역을 찾아오는 사람은 많지 않았다. 카카오 씨앗을 가지러 오는 피스테르와 비료나 농약, 식량을 가져오는 상인들이 전부였다. 그게 아니라면 한낮에 들어오는 트럭은 보통 새로운 아이들을 태우고 왔다.

이 년 전에 세이두와 나도 그렇게 이곳에 도착했다. 한 철만 일하고 돈을 벌어 돌아갈 생각으로 집을 떠나왔지만, 이곳 카카오 농장에 팔려 와 돈 한 푼 받지 못한 채 온종일 일하는 신세가 되어 버렸다.

"곧 알게 되겠지, 뭐."

세이두는 내 말을 무시하고 쏜살같이 나무로 기어 오르며 중얼거렸다.

"누군지 보이면 좋겠는데……."

"소원은 언제나 이루어지지 않는 법이지."

예전에 우리가 집에서 투덜거릴 때면 할아버지가 항상 하던 말이다. 할아버지 말씀이 옳았다. 그동안 나는 꽤 많은 소원을 빌었다. 처음에는 떼돈을 벌어 집으로 돌아가서 가족의 자랑거리가 되고 싶었다. 그러다가 얼마 뒤에는 가족이 우리를 찾으러 와 주기를 바랐다. 이제는 그저 우리가 죽기 전에 여기서 어떤 일을 당했는지 누군가 알아주기만을 바라고 있다.

그때 귀청이 떨어질 정도로 큰 호루라기 소리가 들렸다. 무사 사장이 일꾼들을 부르는 소리였다. 나는 이제 막 새로 딴 26번째 카카오 열매를 가슴에 꼭 끌어안았다. 바빠 죽겠는데 왜! 세상에서 제일 쓸데없는 게 작업을 방해받는 일이란 걸 모르나? 무사 사장은 우리를 믿지 않기 때문에 볼일이 생길 때마다 이렇게 호루라기를 불어서 한자리에 불러 모았다.

막상 도착해 보니 세이두와 내가 일등이었다. 키가 크고 체격이 좋은 무사 사장은 농장을 운영하는 삼 형제 중 맏이였다. 근심이 많은 성격 탓에 이마에 주름이 깊게 패어 있었다. 나는 올

해 열여섯 살로 농장 아이들 중에서는 가장 나이가 많은 축에 속했다. 하지만 키가 아주 큰 편은 아니어서, 무사 사장과 눈을 마주하려면 고개를 약간 뒤로 젖혀야 했다.

혹시 화가 난 건 아닌지 알아내려고 조심스레 사장의 표정을 살폈다. 다행히 턱 근육에 힘이 들어가 있지 않았다. 손도 느슨하게 풀어져 있었다. 나는 짐짓 말을 붙여 보았다.

"오늘 신참이 오는 줄은 몰랐네요."

무사 사장의 시선이 내게 꽂혔다. 나는 움츠러들지 않으려고 애썼다.

"나도 몰랐다."

사장은 셔츠 안쪽에서 호루라기를 꺼내 한 번 더 삐익, 하고 불었다.

"내 물건 좀 챙겨라."

말이 떨어지기가 무섭게 세이두가 무사 사장의 작업 도구들을 주섬주섬 챙겼다. 나는 바닥에 뒹구는 카카오 열매를 자루에 주워 담았다. 곧 유수프와 압드라만, 코나테가 허겁지겁 뛰어왔다.

유수프가 먼저 우리에게 말을 걸었다.

"오늘 어땠어? 잘돼 가?"

"유수프 형! 아무래도 신참이 온 거 같아!"

세이두는 비밀을 공유한다는 사실에 잔뜩 신이 났는지 귀뚜라미처럼 폴짝거렸다.

유수프가 사람 좋게 실실 웃었다. 나는 여기 아이들과 친하게 지내지 않지만, 꼭 한 명 가까이 지낼 사람을 골라야 한다면 그건 아마도 유수프일 것이다. 착각인지 모르겠지만 유수프의 웃음은 종종 진심인 것처럼 보였다. 이런 곳에서는 보기 드문 표정이었다.

"응, 그런 것 같아. 입이 하나 늘었네, 그치?"

유수프의 말에 아이들 모두 입을 꾹 다물었다. 쥐꼬리만 한 식사량을 생각하면 도저히 웃을 수 없는 노릇이었다.

얼마 후, 무사 사장을 따라 우리가 먹고 자고 일하는 농장 마당에 이르렀다. 트럭 운전석에서 카키색 바지와 땀으로 얼룩덜룩해진 티셔츠를 입고 있는 덩치 큰 아저씨가 내렸다. 사장이 그 아저씨에게 다가가 말을 걸자, 우리 다섯은 머뭇거리며 거리를 두고 걸음을 멈췄다.

그러고는 그대로 바닥에 털썩 주저앉아 다음 명령이 떨어질 때까지 잠자코 기다렸다. 세이두 혼자만 트럭 안쪽을 들여다보려고 까치발을 하고서 안간힘을 썼다. 하지만 강렬한 햇빛이 유리창에 반사되고 있는 탓에 안이 들여다보이지는 않았다. 결국 녀석도 호들갑 떨기를 포기하고 씩씩거리며 내 옆에 자리를 잡고 앉았다.

몇 분 지나지 않아 농장의 다른 주인 두 명이 각자의 조원을 이끌고 도착했다. 어느덧 농장 사람이 모두 한자리에 모였다. 농장은 무사 사장과 이스마일 사장, 살리프 사장, 이렇게 삼 형제가 운영하고 있었다. 세 사람은 트럭 운전사 아저씨를 둘러싸고 서서 얘기를 나누었다. 다른 조 아이들은 약속이라도 한 듯이 우리 쪽으로 잽싸게 다가와 앉았다.

트럭 운전사 아저씨가 트럭에서 나오지 않으려고 안간힘을 쓰는 여자아이를 끌어내기 시작했다. 순간, 유수프가 낮게 휘파람 소리를 냈다.

"쟤, 여자야?"

세이두가 숨죽여 소곤거렸다. 나는 고개를 끄덕이면서 생각을 정리해 보았다. 첫째, 이 농장에 여자애는 단 한 명도 없다. 둘째, 한 차에 한 명만 태워 오는 경우는 본 적이 없다. 다 운송비가 비싼 탓이다. 딱 한 명만, 그것도 여자애를 데려오다니! 도대체 무슨 꿍꿍이속이지?

나는 홀린 듯 이 광경을 지켜보았다. 아이는 푸른색 원피스를 입은 채 양손이 뒤로 묶여 있었다. 비록 여자아이이긴 하지만, 덩치 큰 어른들이 낑낑대며 끌어낼 정도로 거세게 저항하는 모습이 흡사 야생 동물 같았다.

그 애는 끝내 아저씨 손에 질질 끌려 나와, 쿵 하는 소리와 함께 바닥으로 나동그라졌다. 하지만 냉큼 일어나 나무 쪽으로 후다닥 도망쳤다. 뒤따라간 아저씨가 손목을 와락 낚아채는 바람에 금방 중심을 잃고 넘어졌다. 아저씨는 무릎으로 여자애의 등을 꽉 눌렀다.

여자애는 털이 쭈뼛 설 정도로 매섭게 욕지거리를 퍼부었다. 아저씨가 아무리 귀싸대기를 올려붙여도 멈추지 않았다. 아저씨는 간신히 여자애를 일으켜 세운 다음, 농장 주인들 앞으로 떠다밀었다.

무사 사장은 무언가 경계하는 눈치였다. 충분히 그럴만했다. 아무리 봐도 저 여자애는 정상이 아니니까. 농장 주인 삼 형제는 팔짱을 끼고 뻣뻣하게 서서 옥신각신하며 토론을 벌였다.

나라면 저 애를 받아들일 것인가? 키가 나보다 조금 작은 걸로 보아 열세 살이나 열네 살쯤 되어 보였다. 하지만 우리 고향 마을의 여자애들처럼 깡마르지는 않았다. 여자애들도 저렇게 잘 먹이는 걸 보면 가뭄이 다 지나간 걸까? 어쨌든 나라면 저런 살쾡이 같은 애를 믿고 일을 맡기지는 않을 거다.

나는 엉겁결에 자리에서 일어서 몇 발자국 앞으로 걸어 나갔다. 그러다 다시 자리로 돌아가 앉으려는 찰나, 여자애의 눈빛이 내게로 날아와 꽂혔다. 순간, 나도 모르게 뒷걸음질을 쳤다. 갸름한 얼굴에서 반짝이는 커다랗고 짙은 눈동자가 내게 도움을 청하고 있는 듯했다. 나는 애써 그 시선을 외면했다. 여자애는 곧 내게서 눈길을 거두었다.

다른 아이들도 저희끼리 수군대며 농장에 여자애가 들어온 걸 의아스러워했다. 나는 아이들을 빙 둘러보다가 연민에 찬 유수프의 눈빛을 보았다. 고향에 두고 온 여자 형제라도 있는 걸까? 같이 일한 지 이 년이 넘었는데도, 나는 유수프에 대해 아는 바가 전혀 없었다. 그도 그럴 것이 나는 다른 아이의 과거에 무심한 편이었다. 다른 아이의 과거를 궁금해하게 되면 내 과거가 연이어 떠올라서 감당하기가 버거워지기 때문이었다.

농장 주인들이 허락하지 않는 한 우리는 아무것도 할 수 없었다. 그래서 할당량을 채울 시간을 길바닥에 하염없이 버리고 있으면서도 잠자코 지시를 기다릴 뿐이었다.

그들이 거래를 마무리하는 동안, 우리는 얌전히 기다렸다. 트럭 운전사 아저씨가 트럭을 몰고 떠나갈 때까지 기다리는 수밖에 없었다. 여자애가 트럭의 꽁무니에 대고 욕을 퍼부었다. 곧이어 여자애가 삼 형제에게 무지막지하게 매타작을 당했다.

드디어 무사 사장이 우리가 모여 앉아 있는 곳으로 여자애를 질질 끌고 왔다.

"좋아, 다들 충분히 쉬었을 거야."

삼 형제는 각자의 조를 이끌고 작업장으로 되돌아갔다.

나는 덤불 속을 터덜터덜 걸으면서 여자애를 힐끔거렸다. 가까이에서 보니 살쾡이처럼 사나워 보이지는 않았다. 갸름한 얼굴에 높게 솟아오른 광대뼈가 꽤 예쁘장했다. 하나로 땋아 묶은 머리카락은 매질 때문인지 다소 흐트러져 있었다.

문득, 볼에 통통하게 살이 오른 걸 보면, 우리 같은 시골 출신이 아닐지도 모르겠다는 생각이 들었다. 저렇게 토실토실해지려면 적어도 몇 년 동안은 잘 먹은 게 틀림없을 테니까. 사실 그 여자애가 어디 출신인지는 조금도 중요하지 않았다. 어쨌거나 지금 우리와 같이 여기에 있으니까.

나는 쓸데없는 생각들을 머릿속에서 털어내려 고개를 흔들면서 중요한 걸 세야 한다고 마음을 다잡았다. 내가 안고 있는 걱정거리는 저 여자애가 아니었다. 내게 주어진 할당량이었다.

아까 일하던 장소에 다다르자, 나는 서둘러 나무를 타고 올라갔다. 그리고 반들반들한 표면에 골이 깊게 팬, 붉은빛과 주황빛이 어우러진 내 팔뚝만 한 크기의 열매를 손으로 꽉 쥐었다. 이어서 손가락 굵기만 한 줄기를 조준해 마체테를 들어 올렸다.

27번째 열매를 따서 아래로 던졌다. 그런 다음, 세이두에게 별일이 없는지 확인했다. 처음부터 이 과정을 반복했다.

내리치고, 비틀고, 던지고, 확인.

자, 이제 28개다.

무르익은 열매를 모조리 따고 난 뒤, 세이두가 자루에 잘 주워 담았기를 기대하며 땅으로 내려왔다. 그러나 세이두는 정작 카카오 열매를 직접 따려 안간힘을 쓰고 있었다. 그것도 내가 절대로 하면 안 된다고 신신당부한 방법으로.

나는 녀석이 굳이 열매를 따겠다면 마체테의 무딘 면, 즉 칼날의 반대편을 쓰도록 가르쳤다. 그것도 두 손으로 붙잡고 톱질하듯 줄기를 자르도록……. 아직은 그것 말고 다른 방식을 허락하지 않았다.

"세이두!"

세이두가 몸을 휙 돌려 나를 쳐다보았다. 마체테가 공중에서 얼어붙었다.

"너, 지금 뭐 하냐?"

세이두가 칼자루를 꽉 쥐며 답했다.

"일하잖아."

"그렇게 하면 안 된다고 했지!"

"할당량 채우는 거 나도 거들려고 그런단 말이야! 형이 하라는 대로 하면 평생 걸려도 못 해. 벌써 한 시간이나 날렸는데."

그때 여자애가 팔짱을 낀 채 나를 노려보고 있는 게 보였다. 조금 전까지 무사 사장에게 질질 끌려다니던 여자애는 이제 나무에 꽁꽁 묶여 있었다.

"그딴 거 필요없으니까, 정신 바짝 차리고 하라는 대로나 해."

나는 바닥에 뒹굴고 있는 열매 9개를 주워 자루에 아무렇게나 쑤셔 넣었다.

"왜 돕지도 못하게 해?"

세이두가 내 등에 대고 버럭 소리를 질렀다.

이런 말다툼에는 이제 신물이 났다. 넌 아직 어리니까 안 된다고 잔소리를 해 대는 것도 넌더리가 났다. 어디 다치기라도 할까 봐 전전긍긍하는 것도 진절머리가 났다.

"저 떨떨한 계집애 앞에서 폼 잡는답시고 또 한 번 마체테를 휘둘렀다간 나한테 맞을 줄 알아!"

나는 매섭게 쏘아붙이고는 녀석이 따라오지 못하게 짐짓 무사 사장이 일하는 근처로 갔다. 세이두는 농장 주인들 가까이로는 절대로 오지 않았다.

그때 나뭇잎 사이로 낮은 웃음소리가 들렸다.

"넌 항상 경계 태세구나. 그렇지?"

무사 사장의 목소리가 전에 없이 친근하게 들렸다. 그러나 속내까지는 알 수가 없었다.

"그렇죠, 뭐."

무사 사장의 웃음소리에 괜스레 마음이 아팠다. 할아버지는 건강하게 지내고 있을까? 자주 웃지는 않았어도 할아버지 웃음소리는 늘 따스했는데.

처음 여기 왔을 때는 늘 이런 생각에 빠져 지냈다. 어떻게 하면 도망칠 수 있을까? 할아버지가 우리를 무지무지 걱정하고 있겠지? 빚을 다 갚고 집에 가려면 얼마나 더 있어야 할까? 마음에 들끓는 질문들이 마치 상처 입은 뱀처럼 이리저리 뒤척이며 몸을 비비 꼬곤 했다.

얼마 안 가, 생각의 대가를 톡톡히 깨닫게 되었다. 생각에 빠져 일하는 속도가 느려지면 할당량을 채우지 못할 터였다. 그래서 그때부터 생각을 하는 대신 숫자를 세었다. 그 후로 깨어 있는 시간의 대부분을 멍한 상태로 보냈다. 차라리 이편이 나았다.

내리치고, 비틀고, 던지고, 확인. 37개.

나는 입을 꾹 다문 채 마체테를 올렸다 내렸다 했다. 아무 생각 없이 그러고 있다 보면 마음속 외딴 방으로 들어갈 수 있었다. 그 안에 있으면 시간 가는 줄도 몰라, 근육이 여기저기 뻐근해져야 시간이 흘렀다는 걸 알아차렸다. 몽롱한 꿈속을 헤매기라도 하듯, 열병을 앓기라도 하듯, 나는 아무 생각도 하지 않고 기계처럼 움직였다. 아니, 아무것도 생각할 필요가 없었다.

하늘에 태양이 한 뼘 낮게 걸리고 나서야 세이두에 대한 짜증이 어느 정도 가라앉았다. 세이두에게 돌아가서 화해를 해야겠다. 무사 사장을 몇 시간째 따라다니는 바람에 아까 세이두와 같이 있던 곳에서 꽤 멀리 지나와 있었다.

카카오 열매 60개가 담긴 자루를 기분 좋게 번쩍 들고는 걸음을 서둘렀다. 내가 수확한 것과 세이두가 수확한 양을 합치면 오늘 할당량은 문제없을지도 몰랐다. 아까 낭비한 시간을 생각하면 꽤 괜찮은 양이었다.

부지런히 종종걸음을 치는데, 저만치에서 세이두가 흐느끼는 소리가 들려왔다. 갑자기 심장이 쿵쾅거렸다. 홧김에 세이두를 혼자 일하게 버려 두다니! 내가 미쳤나 보다. 나는 눈썹이 휘날리도록 잽싸게 소리가 나는 곳으로 달려갔다.

처음에는 뭐가 문제인지 상황 파악이 되지 않았다. 세이두를 자세히 살펴보았지만 어디를 크게 다친 것 같지는 않았다. 발밑의 납작한 자루 속에는 열매가 12개 남짓 담겨 있었다.

"무슨 일이야?"

내가 큰 소리로 물었다. 세이두의 눈은 겁에 잔뜩 질려 있었다. 게다가 얼굴은 눈물과 콧물로 범벅이 되어 있었다.

세이두는 손가락으로 내 뒤를 가리켰다. 나무둥치에 빈 밧줄이 늘어져 있었다. 정신이 아뜩해졌다. 아니, 아닐 거야, 오늘은 무사히 지나갈 거란 말이야. 할당량을 거의 다 채웠는데……. 모처럼 일이 잘 풀리고 있었는데…….

"너, 무슨 짓을 한 거야?"

"형이 가고 나서……, 걔가 풀어 달라고 했어……. 보는 사람도 없는데 괜찮을 거라고……. 안 된다고 했지만……, 가까이 와서 말하라고 하길래 다가갔더니……. 나를 밀치고 내 마체테를 빼앗았어……. 그러고는……, 그러고는……."

세이두의 손가락이 어둡고 짙푸른 야생의 숲 저편을 가리켰다. 나뭇가지가 꺾이고 덤불이 짓밟혀 있었다. 세이두는 거의 비다시피 한 자루 위에 엎드려 흐느꼈다. 쌕쌕 숨을 내쉴 때마다 뼈만 앙상한 조그마한 몸통이 들썩거렸다.

"형, 미안해! 정말 미안해!"

동정할 가치도 없는 계집애다. 요망한 뱀 같으니라고. 곧이어 공포가 분노를 집어삼켰다. 언제 무사 사장이 올지 모르는데……. 이대로 두었다간 세이두가 맞아 죽을지도 몰랐다.

여기서 일하는 아이들이 모두 다 살아남는 건 아니었다. 병에 걸려 죽는 아이도 있었고, 설사로 죽는 아이도 있었고, 숲에서 일하다가 독사나 거미에 물려 죽는 아이도 있었다. 그리고 야쿠바는 심하게 얻어맞고 의식불명이 된 후 다시는 일어나지 못했다. 그 애가 어디로 사라졌는지는 아무도 모른다.

나는 세이두의 뺨을 한 대 세게 후려쳤다. 세이두가 울음을 뚝 그쳤다. 세이두를 내 손으로 때린 것은 처음이었다.

"그런 애를 믿다니, 왜 이렇게 멍청하냐?"

나는 사나운 목소리로 으르렁거렸다.

"이제 정신 차려. 입 좀 다물고."

나는 세이두 앞에 내 마체테를 휙 던진 다음, 발걸음을 돌려 방금 왔던 길로 들입다 달려갔다.

"사장님! 사장님!"

나는 목청껏 소리를 질렀다. 그러다가 무사 사장을 거의 들이받을 뻔했다. 안 그래도 사장은 우리를 확인하러 오는 길이었다.

"왜? 무슨 일이야?"

"그 살쾡이가 도망쳤어요!"

"뭐라고? 어떻게?"

"방금 세이두가 일을 잘하고 있는지 확인하러 갔는데, 고것이 저더러 잠깐 와 보라는 거예요. 그래서 다가갔더니 절 자빠뜨리고 마체테를 채어 가서는 밧줄을 끊고 도망쳤어요."

"널 자빠뜨렸다? 여자애가, 그것도 묶여 있는 여자애가 널 자빠뜨리고 마체테를 가로챘다?"

아주 좋은 변명은 아니었나 보다. 곧바로 세찬 주먹이 내게로 날아왔다.

"환장할 노릇이군."

무사 사장은 곧장 내 귀를 잡고 질질 끌었다. 키 차이가 많이 나지 않는데도 귀를 움켜잡자마자 내 몸이 절로 앞으로 구부러졌다. 머리가 빙글빙글 돌았다. 그래도 괜찮다. 사장은 결코 진실을 알 수 없을 것이다.

곧 수풀을 헤집고 세이두가 있는 곳에 다다랐다. 내 마체테를 앞에 둔 채 눈물을 줄줄 흘리며 아랫입술을 덜덜 떨고 있던 세이두는 화들짝 놀라 울음을 뚝 멈추었다.

무사 사장은 무시무시한 욕설을 퍼부으며 나무등치에 늘어져 있는 밧줄을 풀어 동그랗게 말더니 세이두를 가리켰다.

"넌 계속 일해. 할 수 있는 한 최대한 많이 따. 오늘 할당량을 채우란 말이야. 알아들었냐?"

세이두가 겁에 질려 나를 힐끗 보았다. 내가 입술을 달싹이며 한 발 앞으로 나서자, 사장이 손짓으로 내 발걸음을 멈춰 세웠다.

"알아들었냐고 묻잖아?"

"네."

사장이 나에게 밧줄을 내밀었다.

"넌 날 따라와."

이제 할당량을 채우는 것은 물 건너갔다. 나는 세이두를 한 번 쳐다보고는 사장을 따라 덤불숲으로 들어갔다.

이 무성한 수풀 속을 칼도 없이 달리다니! 미친 짓이다. 여기 울창한 덤불 속에는 비단뱀과 독사, 독거미만 우글거리는 것이 아니었다. 표범과 멧돼지도 살았다. 사람을 갈기갈기 찢어 버릴 송곳니를 지닌······.

우리는 여자애의 발자취를 찾아 숲을 샅샅이 뒤졌다. 나는 고향에서도 사냥을 해 본 적이 없었다. 밭에 토끼 덫을 놓아 본 게 전부였다. 하지만 지금은 이 광기 어린 사냥에 나도 모르게 깊이 빠져들고 있었다.

순간, 무사 사장이 방향을 획 틀었다. 자세히 보니 나뭇잎을 가장자리로 밀어 놓은 샌들 자국이 있었다. 땅은 계속해서 고자질을 해 댔다. 이쪽에서는 발을 빠르게 디디고, 저쪽에서는 느리게 디뎠다고 한바탕 이야기를 풀어놓았다. 칼끝을 질질 끌고 간 걸로 보아 사냥감은 지칠 대로 지친 상태였다. 보드라운 흙에 난 발자국과 이리저리 짓밟힌 양치식물······. 그때 수상쩍은 흔적이 내 눈을 사로잡았다.

"사장님!"

엉겁결에 내 입에서 큰 소리가 튀어나왔다. 저만치 앞서가던 사장이 황급히 돌아와 내 뺨을 철썩 후려쳤다.

"쉿! 그 계집애가 이 근처에 있잖아, 이 등신아! 우리가 여기 있다고 아주 소리를 지르지 그래?"

나는 떨리는 목소리로 말을 이었다.

"이 길은 가짜예요. 여길 보세요."

사장은 눈으로 내 손가락을 좇아 부러진 나뭇가지에서 서서히 멀어져 가는 발자국을 들여다보았다. 사장의 얼굴에 미소가 스쳤다.

"잘했다."

사장이 내 머리를 쓰다듬어 주었다. 칭찬을 받고 나자 마음이 한껏 부풀어 올랐다. 누군가에게 칭찬을 받은 건 진짜 오랜만이었다. 칭찬을 받는 게 얼마나 기분 좋은 일인지 그동안 까맣게 잊고 살았다.

얼마 못 가서 수풀 사이로 뭔가가 번뜩이더니, 여자애가 순식간에 후다닥 내뺐다. 사장이 서둘러 그 뒤를 좇았다. 나는 짐짓 한발 물러나 두 사람의 실랑이를 지켜보았다. 여자애는 마체테를 휘두르는 솜씨가 영 형편없었다. 칼끝이 무엇을 겨누고 있는지 보지도 않은 채 허공에다 마구 휘둘렀다. 몇 달 일하고 나면 좀 나아지겠네. 내 마음속에서 조소가 번졌다. 고소하다는 생각이 들면서 웃음이 실실 새어 나오기까지 했다.

그러다가 생각이 엉뚱한 데로 흘러갔다. 만약 나였다면? 오랜 작업으로 다져진 내 칼 솜씨는 과연 어떨까? 나는 귓가에 앵앵거리는 벌레를 내치듯, 이 은밀한 생각을 쓸어내 버렸다. 하지만 어느새 생각은 작은 메아리가 되어 내 곁을 맴돌고 있었다.

사장이 여자애의 손에서 마체테를 내치고서 팔을 휘어잡았다. 고함을 지르든 발길질을 하든 내 알 바가 아니었다. 나는 사장이 뭘 하든 상관하지 않고 서둘러 덤불숲을 뒤져 마체테를 집어 들었다. 칼자루에는 아직 여자애의 온기가 남아 있었다.

지독한 벌칙

작업장으로 돌아왔을 때는 완전히 녹초가 되어 있었다. 무사 사장의 호루라기 소리가 귀청을 찢을 듯이 따갑게 울렸다. 유수프, 압드라만, 코나테가 자루를 들고 한달음에 달려왔다.

세이두는 자루 두 개를 끌고 오느라 제일 늦게 도착했다. 녀석은 나를 보더니 득달같이 달려와 덥석 끌어안았다. 야생 동물의 표적이 될 수도 있는 풀숲에서 혼자 일하느라 얼마나 무서웠을까? 여기 있다는 건 매우 끔찍한 일이다. 그보다 더 끔찍한 건 혼자 남겨지는 거다.

종종 후회가 밀려들었다. 세이두가 나를 따라가겠다며 할아버지를 졸랐을 때, 내가 끝까지 그 애 편을 들어주지 말았어야 했는데. 하지만 세이두가 없었다면 나는 지금껏 버티지 못했을 거다.

"가자!"

무사 사장이 여자애를 질질 끌며 빠른 속도로 앞장서 갔다. 우리는 앞으로 무슨 일이 닥칠지 몰라 두려움에 떨며 한 걸음 한 걸음 그 뒤를 따랐다. 내가 여기서 지낸 이 년 동안, 탈출을 시도한 아이는 많지 않았다. 처벌은 언제나 가혹했다. 단 한 번에 그쳤던 나의 탈출 시도가 떠올랐다. 나는 그 기억에 휩쓸리지 않으려 몸을 움츠리며 발걸음 수를 세는 데 집중했다.

드디어 농장 마당에 도착했다. 나지막한 지붕 아래 허름한 오두막이 우리 일꾼들의 숙소였다. 숙소 옆에는 물펌프가 있었다. 오른편으로는 카카오 씨앗을 말리는 너른 마당이, 왼편으로는 공구 창고와 손바닥만 한 간이 창고가 있었다.

자루의 무게를 검사받기 위해 간이 창고로 갔다. 창고 안이 습하고 으스스한 탓에 목덜미와 팔뚝에 오돌토돌 소름이 돋았다.

어느덧 내 차례가 되었다. 내 자루를 건네받은 이스마일 사장은 길쭉하고 앙상한 얼굴을 잔뜩 찌푸렸다. 농장 주인 삼 형제 중 막내인 그는 자루 무게 검사하는 일을 맡고 있었다. 대충 손으로 들어 보고 눈대중으로 파악할 뿐, 카카오 열매의 수를 직접 세지는 않았다. 나는 이런 검사 방식이 굉장히 못마땅했다.

"불합격."

딱히 놀랄 것도 없었다. 내가 딴 열매를 방금 세이두의 자루에 거의 다 쏟아부었기 때문이다. 나야 이미 찍혔으니 할당량을 채워 봤자 아무 소용이 없었다.

나는 모디보와 함께 마당 한가운데에 있는 화덕 근처로 가서 섰다. 나머지 아이들은 모두 검사를 통과한 모양이었다.

"넌 얼마나 모자랐냐?"

모디보를 볼 때마다 한심하다는 생각이 들었다. 아무리 신참이라도 그렇지, 머릿속이 텅텅 빈 것 같았다. 살아남기 위해 뭘 해야 하는지 야무지게 깨우쳐야 하는데, 거의 매일 매타작을 당하면서도 전혀 나아지는 게 없었다. 농장 주인들이 언제까지나 참고만 있지는 않을 텐데……. 그다음에 무슨 일이 벌어질지 누가 알 수 있을까? 나는 대화가 길게 이어지지 않기를 바라며 대답했다.

"많이 모자라."

맞는 장면을 상상하는 건, 맞는 순간만큼이나 공포스러웠다. 멀거니 서서 맞을 차례를 기다리는 건 정말이지 사람을 미치게 만들었다. 농장 주인들은 일부러 뜸을 들이는 것 같았다. 말하자면 두 번 벌을 주는 셈이었다.

마침내 무사 사장이 커다란 몽둥이를 집어 들고 내 쪽으로 뚜벅뚜벅 걸어왔다. 모디보가 훌쩍거리기 시작했다. 나는 움츠러들지 않기 위해 나 자신을 다독였다. 마음을 강하게 먹자!

그래 봤자 별 소용이 없었다. 몽둥이질이 시작되자 두려움은 금세 고통으로 바뀌었다. 각오는 한순간에 사라져 버렸다. 그 어느 때보다도 혹독하고 모진 매질이었다. 나는 무사 사장이 매질을 멈출 때까지 땅바닥에 몸을 웅크린 채 흐느끼면서 살려 달라고 애원했다. 다른 애들이 보는 앞에서 이러고 있다는 게 너무나도 끔찍했지만 더 이상 어쩔 도리가 없었다.

드디어 매질이 멈추었다.

"이제 좀 깨달은 게 있겠지."

무사 사장이 모디보 쪽으로 몸을 돌렸다. 분풀이는 내게 다 했는지, 모디보는 왠지 살살 때리는 것 같았다. 마지막으로 여자애 차례가 되었다. 여자애는 이스마일 사장이 잡고 있는 밧줄 끝에 묶인 채 날카롭게 비명을 지르며 몸을 이리저리 비틀어 댔다.

저 여자애의 끝이 궁금했다. 탈출하려고 저리도 발버둥을 치는 걸 보면, 가족이 저 애를 이곳에 팔아넘긴 걸지도 몰랐다. 하지만 그런 호기심도 오래가지는 않았다. 그렇게 쓸데없는 생각을 이어 가기엔 맞은 자리가 너무나 아팠다.

자꾸만 눈물이 쏟아져서 무릎을 끌어안고 얼굴을 파묻었다. 달리 할 수 있는 게 아무것도 없었다. 눈물은 고름과도 같았다. 빨리 짜내지 않으면 속에서 곪았다. 땅바닥을 뒹굴어 먼지 범벅이 된 무릎에 눈물이 또르르 굴러 길이 생겼다. 그냥 울자. 내일이면 다시 강해져야 하니까.

나는 옷과 머리카락에 묻어 있는 흙을 살살 털었다. 죽을 만큼 아팠지만 허리를 곧추세우고 고개를 쳐들었다.

그때 오늘 함께 일했던 우리 조 아이들이 내 쪽으로 다가왔다. 무슨 일이지? 유수프가 앞장을 서고, 그 뒤로 압드라만과 코나테가 겁먹은 표정으로 따라왔다. 뒤따르는 세이두의 얼굴이 시퍼렇게 질려 있었다.

"형, 미안해! 정말, 정말 미안해!"

대신 얻어맞는 일도 진짜 지긋지긋하다. 매일같이 세이두를 보살피는 게 지겨워 죽겠다. 너무 아프다. 한 번만, 딱 한 번만, 누군가 나를 돌봐 줬으면 좋겠다. 하지만 그런 일은 결코 일어나지 않을 것이다. 소원은 이루어지지 않는 법이니까. 더 이상 세이두의 감정 따위에 신경 쓸 마음의 여유가 내게는 없다.

"다음번엔 멍청한 짓 좀 하지 마."

내 말에 유수프가 조용히 웃음을 지었다.

"자식, 얻어터져도 성깔은 여전하네. 이리 와라."

유수프와 압드라만이 양옆에서 나를 부축해 화덕 곁으로 데려갔다. 아, 내가 누군가의 도움을 받았다. 나는 깜짝 놀랐다. 보통은 무사 사장의 화를 돋울까 봐 눈치 보기 바쁜데……. 오늘은 내가 평소보다 더 심하게 맞은 게 틀림없나 보다. 드디어 소원이…… 이루어졌다.

"고마워."

나는 읊조리듯 말했다. 내 입에서 흘러나오는 고맙다는 인사가 참으로 어색하게 느껴졌다.

"형, 괜찮아? 아까 진짜 심하게 맞던데."

세이두가 물었다. 나는 고개를 끄덕였다. 그래, 나는 괜찮을 것이다. 그것 말고는 어쩔 도리도 없으니까.

"하디자는 진짜 멍청해! 에휴, 그런 애한테 속다니! 나도 정말 한심하지!"

세이두가 중얼거렸다.

하디자라고? 저 야생 동물에게 이름이 있었다는 말이야? 그런데 세이두가 그걸 어떻게 알고 있는 거지? 둘은 대체 얼마 동안 이야기를 나눈 걸까?

수프가 나오고 농장 주인들이 먼저 먹기 시작했다. 아이들이 그릇을 집기 위해 우르르 몰려갔다. 세이두가 수프 한 그릇을 떠다 내게 건네자, 무사 사장이 흘깃 쳐다보며 말했다.

"오늘 맞은 세 놈한테는 아무것도 주지 마."

"물은 먹어도 되나요?"

내가 묻자 무사 사장이 고개를 저었다. 무사 사장의 차가운 눈동자 속에 불꽃이 너울거렸다. 순간, 오싹한 기분이 들어서 얼른 눈길을 돌렸다.

세이두는 자신의 수프 그릇을 옆으로 멀찍이 밀어 놓았다. 나는 세이두를 노려보며 명령하듯 말했다.

"먹어."

세이두가 고개를 저으며 울먹였다.

"싫어. 형이 못 먹으면 나도 안 먹어."

"먹으라니까."

결국 세이두는 내 말에 따랐다. 나는 땅바닥에 시선을 고정한 채, 세이두가 죄책감으로 흐느끼며 후루룩대는 소리를 애써 외면했다.

식사가 끝나고 아이들이 뒷정리를 하기 시작했다. 나도 맡은 일을 하려고 끙끙대며 일어서는데, 압드라만이 "우리가 할게."라며 자리에 도로 앉혔다.

농장 주인들은 화덕 옆에서 만족스러운 표정을 짓고 있었다. 그 옆으로는 푸른색 원피스를 입은 여자애의 등이 작게 웅크리고 있었다.

잠자리에 들 시각이 되자 세이두가 나를 자리에서 일으켰다. 몸을 일으키는 순간, 새로운 고통이 밀려오면서 숨이 턱 막혔다. 이렇게 휘청거리는 몸으로 내일 또 나무를 타야 한다니! 생각만 해도 끔찍했다.

그때 무사 사장의 목소리가 들려왔다.

"안 돼. 넌 창고에서 자."

아이들을 하룻밤 동안 공구 창고에 가둬 두는 일은 흔했다. 공구 창고는 비좁고 답답한 데다 화학 약품 냄새가 진동했다. 판자벽 틈새로 개미 떼까지 둥지를 틀고 있었다.

잠시 후, 무사 사장이 성큼성큼 다가와 내 팔뚝을 우악스럽게 움켜잡았다. 급작스레 밀려든 충격에 내 등이 고통을 이기지 못하고 연방 비명을 질러 댔다.

"하지만……."

세이두가 입을 달싹이다가 사장이 치켜뜬 눈을 보고는 얼른 다물어 버렸다.

사장은 나를 공구 창고로 끌고 가 바닥에다 내동댕이쳤다. 나는 뭔가 말랑말랑한 물체 옆으로 나동그라졌다. 그제야 다른 두 아이도 나와 함께 갇혀 있다는 사실을 깨달았다.

사장은 보랏빛 석양을 등지고 문턱에 서 있었다. 얼굴이 어둠에 묻혀 표정까지는 보이지 않았다.

"저 계집애가 누구 때문에 도망갔는지 벌써 잊은 건 아니겠지? 당분간 나무를 타지 못할 테니, 다 나을 때까지 카카오 껍데기를 까도록 해. 다시 수확조에 합류할 때까지는 오두막에서 못 자니까 그런 줄 알아. 이게 무슨 뜻인지 알겠냐?"

나는 굼벵이 같은 뇌를 채찍질했다. 사장은 왜 하필 이런 벌을 내린 걸까? 그러다가 문득 어떤 생각이 뇌리를 스치고 지나갔다. 내가 여기에 갇혀 있으면 이제…….

"세이두……."

"옳지, 바로 그거야."

무사 사장은 이렇게 대답하고는 문을 재까닥 잠가 버렸다.

세이두! 여기서 나는 세이두와 떨어져 지낸 적이 한 번도 없었다. 잘 때는 물론이고 일할 때도. 세이두는 나 없이 단 하루도 살아남을 수 없을 거다. 나는 발을 동동 굴렀지만, 고통과 어지럼증 때문에 아무것도 할 수 없었다. 내일의 검은 그림자와 함께 들이닥칠 불행의 나날들이 아가리를 쩍 벌리고서 내 쪽으로 팔을 뻗어 왔다.

문틈으로 달빛이 한 줄기 스며들고 있었다. 그래 봤자 창고 안이 워낙 깜깜해서 아무것도 보이지 않았다. 어둠에 눈이 조금 익숙해지자, 벽에 둥그스름한 자세로 기대어 있는 두 아이가 보였다. 모디보와……, 아까 세이두가 뭐라고 불렀더라?

"……하디자?"

"꺼져."

입술이 퉁퉁 부었는지 발음이 불분명한 목소리였다. 순간, 그렇게 내뱉는 기분을 알 것 같아 가슴이 아릿해 왔다. 우리 모두 얻어맞아 온몸이 상처투성이인 채로 이 안에 갇혀 있으니까. 하지만 연민은 곧장 분노로 변했다. 나는 버럭 소리를 질렀다.

"꺼져? 이게 다 누구 때문인데! 난 난생처음 이 지경이 되도록 두들겨 맞았어. 저 혼자 살겠다고 자기보다 한참 어린 애를 속여? 네 선택이 남을 어떻게 짓밟을지는 생각 안 해 봤냐? 이젠 알았겠지. 그래, 그렇게 한번 잘 살아 봐."

좀 더 퍼붓고 싶었지만 진이 다 빠져서 할 수가 없었다. 그리고 이미 엎지러진 물을 자꾸 되새기는 것이 어리석게 느껴져서, 얼굴을 돌리고 애써 잠을 청했다.

그러다 한밤중에 잠에서 깨어 벌떡 일어났다. 내 몸 위를 기어다니던 개미들이 깜짝 놀라서 부랴부랴 도망쳤다. 나는 몸에 남아 있는 개미들을 손으로 툭툭 털어 내고서 다시 자리에 누웠다.

몇 분이나 지났을까? 내가 바스락대는 통에 잠깐 멈추었던 소리가 다시금 들리기 시작했다. 찌르르찌르르 우는 벌레 소리, 따발총 쏘듯 시끄러운 개구리 울음소리……. 개미 떼가 다시 팔뚝 위로 기어가기 시작했다. 얼마간 시간이 더 흐르자 새로운 소리가 끼어들었다. 나는 귀를 쫑긋 세운 채 그 소리에 집중했다.

슥―슥―슥―슥…….

범인은 바로 하디자였다. 양손을 동여맨 밧줄을 어딘가에 문지르고 있었다. 나는 창고 뒤편에 있는 마체테라도 하나 갖다 줄까 하다가 이내 고개를 젓고는 팔뚝에 붙은 개미를 한 번 더 털어 내고 잠을 청했다.

몸이 너무 욱신거려서 도저히 깊은 잠을 잘 수가 없었다. 고통의 바다에 빠져서 꾸벅꾸벅 졸다가, 어느 순간 문틈으로 새어드는 햇빛을 보았다. 억지로라도 몸을 꼿꼿이 세우려 애를 써보았다. 무사 사장의 마음을 돌리려면 이것저것 가릴 처지가 아니었다.

마침내 문이 열렸다. 반듯하게 앉아 있는 내 모습을 본 사장의 눈에 놀라움이 어렸다. 나는 조금이나마 승리감을 맛보았다.

"사장님, 저도 나무를 탈 수 있을 것 같은데요?"

아침 식사를 끝낸 아이들이 뒷정리를 하다 말고 목을 길게 뺀 채 창고 안을 들여다보았다. 배 속이 꼬르륵거리며 요동을 쳤지만, 나는 그 소리를 무시하고 사장에게서 눈을 떼지 않았다.

사장은 껄껄 웃더니 마체테를 하나 꺼내 와 내게 건넸다. 그러고는 농장 마당 가장자리에 서 있는 나무를 가리켰다.

"저 꼭대기에 있는 나뭇가지를 베어 오면 합류시켜 주지."

나는 다리를 절뚝거리며 나무를 향해 걸어갔다. 조별로 줄을 서던 아이들이 나를 흘끔거렸다. 나무에 손을 얹고 숨을 한 번 크게 들이마셨다. 그런 다음 마체테를 입에 물고 나무를 오르기 시작했다.

나무에 매달려 체중을 버티자니 온몸이 갈기갈기 찢기는 듯이 아팠다. 입에 칼을 물고 있어서 비명을 지를 수 없는 것이 차라리 다행이었다. 1미터나 올라갔을까? 갑자기 등 근육에서 힘이 쭉 빠졌다. 나는 나무에 이마를 대고 좌절감을 곱씹다가 결국 몸을 돌려 땅으로 내려왔다.

"거봐라. 넌 저기 가서 열매 껍데기나 까야지."

사장은 공구 창고에 딸린 간이 창고를 손으로 가리켰다.

모디보가 힘겹게 발을 끌며 수확조에 합류하는 모습이 보였다. 저 녀석도 일을 하러 가는데……. 나는 눈살이 절로 찌푸려졌다.

"세이두!"

세이두는 어제 같은 조였던 유수프와 압드라만, 코나테와 함께 일 나갈 채비를 하고 있었다. 그래도 사장이 세이두를 위해 최소한의 배려는 해 준 모양이었다.

"오늘 조심해야 해. 약속해."

세이두가 고개를 끄덕였다.

"얼른 나아, 형."

사장이 다시 간이 창고를 가리켰다. 나는 순순히 창고 앞으로 갔다. 사장은 곧 공구 창고로 들어가 하디자를 긴 쇠사슬에 묶어 끌고 나왔다. 그러고는 쇠사슬 반대쪽 끝을 간이 창고 옆 콘크리트 바닥에 있는 쇠고리에 채워 놓았다. 마지막으로 마체테 두 개를 가져다 우리 쪽으로 휙 던졌다.

여기에 칼 두 자루와 우리 둘만 남겨 둘 속셈이로구나. 그때 하디자가 내게 눈을 부라렸다. 이윽고 사장이 말했다.

"껍데기 까는 일이 많이 밀렸다. 알다시피 피스테르가 씨앗을 가지러 오기 전에 적어도 나흘은 건조를 해야 하니까 후딱 해치우도록 해."

사장이 발길을 돌리자마자 나는 마체테를 향해 돌진하듯 손을 뻗었다. 뜻밖에도 살쾡이는 꼼짝도 하지 않았다. 얼떨결에 칼 두 자루를 모두 잡아채는 바람에 골치가 아파졌다. 내가 칼을 둘 다 가지고 있을 것인가? 아니면 나누어 가질 것인가? 나 때문에 일을 하지 못했노라는 핑계를 듣지 않으려면 온종일 살쾡이를 감시하고 있어야 할 판이었다.

나는 입술을 잘근잘근 씹으며 두 칼날을 비교해 보았다. 오랫동안 망설인 끝에 좀 더 무뎌 보이는 마체테를 하디자 앞에 툭 던졌다.

"그거 써."

이미 사장은 세이두와 아이들을 이끌고 숲으로 총총 사라져 가고 있었다.

그때 땅에 있던 칼이 들리며 쉬익, 끌리는 소리가 났다. 고개를 돌려 보니, 하디자가 왼손에 마체테를 단단히 움켜쥐고 서 있었다. 나는 싸울 태세를 갖추고 몸을 앞으로 숙였다.

한동안 서로를 그렇게 응시했다. 텅 빈 마당의 적막을 메우는 것은 벌레들이 윙윙거리는 소리뿐이었다. 기다리다 못해 내가 먼저 입을 열었다.

"뭔데? 언제 덮칠까 고민하며 입맛 다시는 살쾡이처럼 온종일 그러고 서 있을래?"

"나한테 칼을 겨누고 있는 쪽은 너라고."

하디자의 목소리는 잔뜩 쉬어 있었다. 얼굴이 퉁퉁 부어 한쪽 눈은 뜨지도 못했다.

"난 널 공격할 생각이 눈곱만큼도 없어. 그냥 껍데기를 까고 싶을 뿐이야."

"아, 어련하시겠어? 넌 말을 아주 잘 듣는 애니까."

빈정대는 소리에 한 대 후려치고 싶었지만 무기를 들고 있으니 참을 수밖에 없었다.

"넌 왜 그렇게 못돼 먹었냐? 그렇게 일하기 싫은 애가 국경은 왜 넘어왔는데?"

하디자는 돌처럼 차가운 시선으로 나를 쳐다보았다.

"난 꼭 도망칠 거야. 막을 생각 하지 마. 난 내 할 일을 하는 거니까."

나는 다시금 얼굴을 일그러뜨렸다.

"그러냐? 너, 말 한번 잘했다. 네 할 일이 도망치는 거라면 내 할 일은 저 통을 꽉 채우는 건데,"

나는 채우기가 거의 불가능해 보이는 가슴 높이의 커다란 플라스틱 통을 마체테로 가리키며 말을 이었다.

"사장님이 시키는 대로 해야 난 동생 곁으로 돌아갈 수 있어. 세이두 말이야! 네가 어제 속이고 짓밟아 버린 내 동생! 그러니까 네가 지금 나한테 덤빌지 말지 알아야겠어. 곁눈으로 널 감시해 가며 느려 터진 속도로 일할 순 없으니까."

하디자는 아이들이 사라져 간 숲을 물끄러미 바라보다가 금속처럼 단단하고 밋밋한 시선으로 나를 응시했다.

"네가 정말로 동생을 위하는 길은 여기에서 하루빨리 데리고 나가는 거야."

나는 화가 머리끝까지 치밀어 올랐다.

"그게 그렇게 쉬울 것 같아? 여기서 도망치는 게?"

"적어도 나는 시도를 해 봤어!"

"나도 해 봤어! 넌 너 하나잖아. 난 두 사람이 빠져나갈 방법을 찾아야 한다고."

나는 손가락으로 이유를 꼽기 시작했다.

"세이두는 빨리 못 달려. 세이두는 높이 올라가지도 못해. 세이두는 거짓말도 못해. 세이두는 깜깜한 걸 무서워해. 뱀이랑 농장 주인도……. 그러니 십 미터도 못 가서 잡혀 버렸지."

하디자는 도통 속내를 알 수 없는 표정으로 말없이 나를 바라보고만 있었다. 내가 다시 입을 열었다.

"그러니 이게 차선책이야. 빚을 갚자. 다 갚으면 여기서 나갈 수 있다."

"누가 그래?"

"……농장 주인들이."

나도 모르게 목소리가 떨려 왔다. 솔직히 잘 모르겠다. 이 년 동안 여기 있으면서 빚을 다 갚고 나간 아이는 한 명도 보지 못했다. 농장 주인들이 말하는 빚이란 우리를 이곳으로 데려와 팔아넘긴 시카소(말리의 도시―옮긴이)의 중개인에게 지불한 돈을 뜻했다. 그러나 나는 우리가 얼마에 팔려 왔는지, 우리가 하루에 얼마를 버는지, 숙식비로 얼마씩 제하는지 알지 못했다. 그저 사장이 잘 관리하고 있다고만 철석같이 믿어야 했다.

"착각은 자유지. 내 일에만 상관하지 마."

등을 돌린 하디자에게서 끼익끼익, 하고 날카로운 쇳소리가 들려왔다. 칼날로 쇠사슬을 가는 모양이었다. 어디 잘해 보라지. 더 얻어터지고 굶주려 봐야 뭔가를 알게 되겠지. 나는 이미 그렇게 배웠기에 더는 낭비할 시간이 없었다.

나는 플라스틱 통을 내 쪽으로 끌어온 다음, 열매 자루를 하나 가져다 놓고 손을 바삐 놀리기 시작했다.

이윽고 태양이 하늘 높이 솟아오르자 땀이 뻘뻘 쏟아졌다. 광택이 도는 보랏빛 열매를 마체테로 탁탁 내리친 다음 껍질을 쫘악 벌려 쪼갰다. 겨드랑이에 마체테를 끼고 열매의 씨앗을 손가락으로 후벼 판 다음 커다랗고 파란 통에 던져 넣었다. 우리가 이 열매를 왜 따는지, 누가 이걸 원하는지는 모르겠다.

농장 주인들은 이런 얘기를 절대로 해 주지 않는다. 그저 씨앗이 해안가로 옮겨져 누군가에게 팔린다는 얘기만 들었다. 그 사람들은 왜 이걸 사는 거지? 언젠가 여기저기 물어보았지만, 다들 어깨만 으쓱거렸다. 여기에서는 아무도 모른단다. 우리가 아는 거라고는, 도시 사람들이 이 씨앗을 원한다는 것뿐이다.

씨앗들이 철퍼덕하며 플라스틱 통에 부딪히는 소리가 영 울적하게 들렸다. 두 동강 난 껍데기는 멀찌감치 집어 던졌다. 껍데기가 땅에 떨어져 달가닥거리는 소리를 내기도 전에 나는 자루에서 또 다른 열매를 꺼냈다. 열매를 쪼개는 마체테 소리와 쇠고리를 끊으려는 마체테 소리를 빼고는 아무 소리도 나지 않았다.

한 시간쯤 흐르자, 첫 번째 자루의 바닥이 보였다. 지붕이 그늘을 드리우기를 기대하기에는 간이 창고가 너무도 좁았다. 나는 자루를 거꾸로 흔들어 나뭇가지와 나뭇잎을 탈탈 털어 낸 다음 머리와 어깨에 뒤집어썼다. 그러고는 마체테를 땅에 꽂아 세워 놓고 잠시 눈을 감았다. 눈꺼풀 뒤로 검은 점들이 춤을 추었다.

"저기."

내가 먼저 입을 열었다.

"왜?"

저 쓱쓱거리는 소리는 절대 약해지는 법이 없었다.

"농장 주인들이 돌아오기 전까진 도망갈 거지?"

"무슨 상관이셔?"

"그때까지 도망 못 갈 거 같으면 지금이라도 작업을 시작하는 게 좋아. 아무것도 안 했다고 하면 이따가 또 두들겨 맞을걸? 하라는 건 안 하고 그 시간에 뭘 했는지 알아내서 다신 그런 짓 못하게 만들 거니까."

하디자는 여태 갈던 쇠고리를 눈여겨보더니 실눈을 뜨고 하늘을 쳐다보았다. 시간이 얼마나 흘렀는지 가늠하는 듯했다.

"보통 해 질 무렵이면 돌아오나?"

"응."

하디자는 한숨을 내뿜고는 내 쪽으로 몸을 돌려 앉았다. 말없이 나를 바라보며 고개를 갸웃거리는 게 꼭 눈앞에 있는 것이 벌레일까 뱀일까 헷갈려 하는 새의 모습 같았다.

"그럼 어떻게 하는지 알려 줘."

이 계집애는 제2의 모디보인가. 할 일이 이렇게나 분명한데 뭘 알려 주라는 거야? 나는 자루를 향해 무성의하게 손짓을 했다.

"그냥 이 껍데기를 까면 돼."

정말이지 더 설명할 것도 없었다. 게다가 아침 내내 작업을 하는 내 옆에 있지 않았던가.

"그러니까 이걸 어떻게 하냐니까? 난 너처럼 이런 일에 익숙지 않다고."

그 말은 왠지 아주 모욕적으로 들렸다. 하지만 일단 성과를 내기 위해 한 수 접었다.

"한 손에 카카오 열매를 단단히 쥐고, 다른 손으로 세게 내리쳐, 이렇게."

내가 시범을 보이자 하디자가 열매를 집어 마체테로 휙 내리쳤다. 칼날이 열매를 스치고 미끄러져 손으로 파고들었다.

"젠장!"

하디자는 얼굴을 잔뜩 찌푸리고는 상처를 입으로 빨아 댔다.

"좀 더 세게 쳐야지."

"그러다 빗나가면 손목이 날아가게? 됐네, 됐어!"

"알았어, 알았다고! 그럼 이런 식으로 한번 해 봐."

나는 열매를 땅에다 놓고 꼭지를 잡은 다음 마체테를 힘껏 내리쳤다. 어떻게 하는 건지 보라고 다시 한 번 시범을 보였다. 그러고는 하디자에게 한번 해 보라는 신호를 보냈다.

하디자의 칼날은 또다시 엇나갔다. 다행히 손이 베이지는 않았지만, 열매는 저만치로 날아가 자루를 들이받은 다음 데굴데굴 굴러다니다 내 앞에 와서 뚝 멈추어 섰다.

"이런 방법밖에는 없냐?"

하디자가 톡 쏘아붙였다.

"네가 못하는 게 내 탓이냐?"

"내가 못하는 거라고? 잘하는 방법을 모르는 것뿐이지! 넌 제대로 가르칠 줄도 모르잖아!"

하디자가 마체테를 냅다 집어 던졌다.

"칼 쓸 힘도 없는 애한테 뭘 알려 준들 소용이 있겠냐! 집에서 칼질도 한번 안 해 봤냐?"

"그래! 난 학교 다니느라 바빴으니까! 이딴 거 잘해서 넌 아주 좋겠다! 몇 년씩 틀어박혀서 고분고분 시키는 일만 하니까 그렇지! 당연한 거 아니야?"

하디자가 악을 지르며 내 앞으로 성큼 다가왔다.

"싸워 보자는 거냐, 이 부잣집 딸내미야?"

나도 덩달아 일어나 고래고래 소리를 질렀다. 부모가 돈을 쓰면서까지 여자애를 학교에 보냈다면 엄청난 부잣집 애가 틀림없었다. 마체테를 쥔 손에 힘이 꽉 들어갔다.

"난 여기서 일 배울 생각이라곤 눈곱만치도 없어! 내가 왜 이딴 걸 배워야 해? 난 이딴 일 못해도 돼!"

이 계집애는, 이 멍청한 계집애는 정말이지 나를 환장하게 만든다. 한 대 후려치고 싶다. 저 입을 영영 다물게 하고 싶다. 다른 사람을 벤다는 건 어떤 느낌일까? 그러다가 그런 생각이 역겹게 느껴져 휙 돌아섰다.

나는 하디자에게 등을 돌리고 서서 하늘을 올려다보았다. 하늘에 분노를 쏟아 버린다는 상상을 하며 천천히 심호흡을 했다. 어렸을 때 할아버지가 가르쳐 준 방법이었다.

'이런, 아마두. 너는 다혈질이구나. 나도 네 나이 때는 그랬지.'

할아버지가 말했다.

'정말요, 할아버지?'

'그럼. 하지만 그걸 흘려보내는 방법을 배워야 해.'

'어떻게요?'

'세상에 그리 큰일 날 일은 별로 없어. 저 하늘을 다 채울 수 있는 분노도 없고.'

분노 때문에 후회할 일을 저지를 것 같을 때마다, 나는 할아버지의 말씀을 떠올렸다. 나는 바닥에 털썩 주저앉았다.

"다 시간 낭비야."

"뭐가?"

하디자의 목소리가 살짝 떨렸다. 잔뜩 기합을 넣고 싸움을 걸었는데 상대가 응하질 않으니 김이 샜겠지.

"이렇게 싸우고 있을 시간이 없다고."

부글대는 감정을 흘려보내기 위해서는 재빠른 해결책이 필요했다.

"넌 다치기만 할 뿐, 당장 이걸 배우지는 못할 거야."

하디자는 숨을 몰아쉬며 다시 소리를 내지르려 했다. 나는 틈을 주지 않고 말을 계속했다.

"내가 열매에 칼집을 내서 너한테 줄게. 너는 그걸 벌려서 씨앗을 빼내. 씨앗은 통에 담고 껍데기는 버려. 그러면 한결 속도가 빨라지겠지."

하디자는 한숨을 푹푹 쉬더니 내 옆에 자리를 잡고 앉았다.

"그럼 그렇게 해."

"힘을 쓰려면 씨앗이라도 씹어 먹어야 해. 어제 저녁부터 아무것도 못 먹었잖아. 많이만 안 먹으면 사장님도 눈치 못 채."

하디자가 눈을 반짝거리며 자루를 쳐다보았다.

"너무 많이는 말고."

나는 재차 강조한 후 하디자가 붙들고 끙끙댔던 열매를 주워 칼로 내리쳤다. 하디자는 내가 던져 준 열매를 쪼개며 말했다.

"넌 이상한 애야, 아마두."

나는 어깨만 으쓱하고는 마음속 외딴 방으로 숨어들었다.

우리는 아무 말도 하지 않은 채 몇 시간 동안 잠자코 일만 했다. 세이두보다 하디자와 일하는 게 더 쉽게 느껴져서 속으로 살짝 놀랐다. 하디자에게는 잔소리를 할 필요가 없었다. 많이 먹지 못하게 감시할 필요도 없었다. 하디자는 내가 먹을 때 따라 먹고, 내가 발을 뻗을 때 자기도 따라 발을 뻗었다. 어느새 나를 따라 자루를 머리에 뒤집어쓰기까지 했다.

이글이글 타오르는 뙤약볕 아래 열매 껍데기가 쌓여 악취를 흠씬 풍기는 조그마한 산으로 변해 가고 있었다. 그 냄새를 맡고 꼬여든 온갖 벌레가 이내 팔다리로도 달려들었다. 파리니 모기니 부산스럽게 돌아다녀도 나는 애써 무시했다. 하디자도 마찬가지였다. 눈 가까이에 오면 그제야 머리를 흔들어 쫓아낼 뿐이었다.

쉬지 않고 칼질을 한 탓에 오른팔이 뻐근하고 화끈거렸지만, 빈 자루 일곱 개가 곱게 접혀 있는 모습을 보니 뿌듯한 기분이 들었다. 나는 눈을 가늘게 뜨고 이제 막 머리 위를 지나고 있는 태양을 올려다보았다.

"정오다. 좀 쉬었다 할래?"

갑작스레 침묵을 깬 내 목소리가 아주 크게 들렸다.

"보통 쉬었다 해?"

"농장 주인들이 보지 않는다면야……. 세이두는 중간에 쉬어 줘야 하거든."

"난 열 살짜리 꼬마가 아니야."

"여덟 살이야."

"응?"

정신 좀 차려! 나는 무심코 하디자의 말을 바로잡고는 곧바로 후회했다.

"……여덟 살이라고. 세이두는 이제 여덟 살밖에 안 됐어."

"나한테는 열 살이라고 하던데."

"내가 그렇게 말하라고 시켰어. 어리다는 이유로 다른 아이들한테 이용당할까 봐. 나이에 비해 키가 커서 다들 그런 줄 알아."

나는 눈을 잔뜩 찡그린 채 멀리 숲을 노려보았다. 이게 무슨 꼴이야. 세이두가 저기 있는데, 여기에서 시간이 가기만 기다리고 있다니.

"난 안 쉬어도 돼. 여덟 살이 아니라 열세 살이니까. 계속하자."

생각에 잠긴 듯 잠자코 숲을 바라보던 하디자가 손목을 쭉 뻗고 손가락을 뚝뚝 꺾었다. 익숙하지 않은 일을 오래 한 탓인지, 어느새 하디자의 손이 덜덜 떨리고 있었다.

어쩐지 이 낯선 여자애에게 고마운 마음이 들었다. 나는 다시 마체테를 잡았다.

"좋아. 그럼 계속하자."

나무 그림자가 길어지더니 마당에 길게 가로누웠다. 서서히, 아주 서서히 플라스틱 통은 우리가 발라낸 씨앗으로 채워졌다.

땅거미가 깔릴 무렵, 열매를 잡아야 할 왼손에 자꾸만 쥐가 나서 손가락이 똑바로 펴지지도 않았다. 마체테를 든 오른팔은 저리다 못해 아예 힘도 들어가지 않았다. 아침에 마체테를 들고 휘청거리던 하디자보다 나을 게 없었다.

이윽고 머리와 등에 묵직한 자루를 둘러업은 아이들이 마당으로 돌아왔다. 나는 세이두의 모습을 찾아 허둥거렸다.

"저기 있다."

하디자의 손가락을 따라 시선을 옮기자 낯익은 그림자가 보였다. 세이두는 자루의 무게 때문인지 몸을 잔뜩 구부리고 있었다. 무사하구나! 나는 마체테를 손에서 내려놓고 벌떡 일어섰다. 하디자도 따라서 일어났다.

"세이두! 세이두!"

나는 뻣뻣이 굳은 다리를 이끌고 서둘러 세이두에게 다가갔다. 세이두는 내가 도움의 손길을 내밀기도 전에 자루를 쿵 하고 바닥에 내려놓았다. 나머지 아이들도 세이두 뒤로 줄을 서며 자기 옆에 자루를 내려놓았다. 어느새 이스마일 사장을 기다리는 줄이 길게 늘어섰다.

"형, 좀 어때?"

피로감이 잔뜩 묻어나는 세이두의 목소리를 듣자 내 심장이 꽉 조여 왔다. 문득 따가운 햇볕 아래서 허기진 배와 쓰라린 상처를 붙안은 채 하루 종일 이를 악물고 일을 했던 시간들이 떠올랐다.

"괜찮아. 넌 오늘 어땠어?"

"뒤처지지 않고 잘 따라갔어. 거봐, 나도 잘할 수 있다고 그랬잖아."

세이두의 얼굴에 잔잔한 미소가 피어올랐다.

"대단하네. 칼질은 내가 알려 준 대로 했지?"

세이두가 내 시선을 슬쩍 피했다. 내 당부를 따르지 않은 게 분명했다. 나는 머리끝까지 화가 치밀어 올랐다.

"왜 말을 안 들어? 오늘은 운이 좋았다고 쳐! 다음번에도 운이 좋을 줄 알아? 내가 옆에 없어도 똑바로 해! 알았어?"

한쪽에서 떠들던 아이들이 얘기를 멈추고 우리 쪽으로 고개를 돌렸다.

"맨날 똑같은 잔소리! 한번 봐, 오늘 형 없이도 난 괜찮았잖아! 더는 이거 해라 저거 해라, 하고 잔소리하지 마! 날 어린애 취급 하지 말라고!"

"넌 어린애야!"

나는 고함을 꽥 질렀다.

그때 이스마일 사장이 왔다. 순식간에 마당이 잠잠해졌다.

잠시 후, 세이두가 이스마일 사장의 손에 자루를 건넸다. 이스마일 사장이 곧 세이두에게 통과되었다고 말했다.

세이두는 등을 획 돌리더니 불 건너편으로 가서 유수프와 모디보 사이에 털썩 주저앉았다. 그러고는 팔로 무릎을 감싸 안은 채 매섭게 불길을 노려보았다.

나는 성난 걸음으로 제자리로 돌아가 앉았다.

"녀석! 제법이네, 제법이야……."

하디자가 건조한 목소리로 중얼거렸다.

"입 좀 다물어."

나는 짜증스럽게 중얼거리며 마른세수를 했다.

대체로 평가가 괜찮은 걸 보니, 오늘은 이스마일 사장의 기분이 좋은 모양이었다. 자루 무게 검사가 다 끝나자, 이스마일 사장과 무사 사장이 우리 쪽으로 다가와 플라스틱 통 위로 몸을 숙였다.

"흠……."

나는 숨을 죽였다. 한동안 말이 없던 무사 사장이 몸을 돌려 나를 쳐다보았다.

"이게 오늘 너희 둘이 한 거라고?"

"네."

내가 대답했다.

"몇 개나 먹었나?"

이스마일 사장이 눈을 가늘게 뜨며 물었다. 나는 그대로 얼어붙었다. 하나도 안 먹었다고 말하면 믿어 줄까?

"각자 한 움큼씩 두세 번이요. 그뿐이에요."

두 사람은 나를 오랫동안 들여다보았다. 나는 눈을 깜박이지도, 눈길을 돌리지도 않았다. 그런 건 보통 거짓말을 하거나 부끄러워할 때 나오는 행동이니까. 나는 둘 다 아니라는 걸 보여주고 싶었다. 마침내 무사 사장이 입을 열었다.

"그래, 믿으마. 아주 잘했다. 이쪽으로 와. 저녁을 가져다주라고 할 테니."

안도감 때문일까? 갑자기 몸에서 힘이 쭉 빠졌다. 무사 사장이 하디자에게로 몸을 돌렸다.

"살쾡이, 넌 어때? 미친 척하는 대신에 차분히 일하는 법 좀 배웠냐?"

하디자는 마치 강가에 있는 돌멩이처럼 미동도 없이 무사 사장을 응시했다. 그러다가 곧 시선을 떨구었다.

"저도 일했어요."

무사 사장은 하디자가 대답을 피했다는 사실을 아는지 모르는지, 구태여 그걸 꼬집어 지적하지는 않았다.

농장 주인 삼 형제는 아이들이 모여 앉은 불가로 다가갔다. 나와 하디자는 그대로 자리에 앉아 있었다. 하디자의 배에서 밥 달라고 보채는 소리가 내 귀까지 들려왔다. 나를 허기지게 만드는 것은 바로 희망이다. 음식에 대한 희망이 없다면 나는 이 기분을 무시한 채 잠이나 자러 갔을 테지.

식사를 마친 무사 사장이 양손에 그릇을 들고 세이두에게 다가갔다. 세이두는 무사 사장에게서 그릇을 받아 들고 머뭇거리며 내 쪽으로 왔다. 불 때문에 세이두의 그림자가 공터를 가로지르며 길게 늘어졌다. 그림자를 먹을 수만 있다면 나는 이미 배가 부르고도 남으련만.

"여기."

세이두는 먼저 내 손에 그릇 하나를 건넸다. 그러고는 다른 하나를 하디자 앞에 내려놓고 거칠게 떠밀더니 발길을 홱 돌렸다.

"천천히 먹어. 허겁지겁 먹으면 속이 놀라 감당하기가 어려울 거야. 다 토하게 된다고."

우리 고향에서 여자애들은 늘 마지막에 먹었을 뿐 아니라, 마음껏 먹지도 못했다. 하지만 하디자는 세상 물정 모르는 부잣집 아이였다. 내키는 대로 들이마셨다가 아까운 스튜가 죄다 버려지는 꼴을 두고 볼 수는 없었다. 다행히 하디자는 조금씩 홀짝거리며 먹었다. 아마도 내 말을 새겨들은 것 같았다.

스튜에 흰색 고깃덩어리가 들어 있는 것으로 보아 아이들 중하나가 도마뱀이나 뱀을 잡은 모양이었다. 고무처럼 질기기는 해도 이렇게 푸짐한 식사는 아주 오래간만이었다. 나는 그릇 안쪽을 혀로 샅샅이 핥으며 국물 한 방울까지 말끔히 해치웠다. 옆에서도 빈 그릇을 내려놓는 소리가 들렸다. 하디자는 내가 식사를 끝내는 시간에 정확히 맞추었다.

설거지가 끝나자 마당에는 느긋한 기운이 감돌았다. 이제 곧 모두가 잠자리에 들 것이다. 수확이 한창인 계절에 고된 일과를 마치고서 기운이 남아돌 사람은 없을 테니까.

무사 사장이 열쇠를 짤랑거리며 우리에게 다가왔다.

"사장님, 오늘은 오두막에서 잘 수 있을까요?"

나는 공손한 태도로 물었다. 너무 밀어붙이고 싶지는 않았다. 지금 가장 중요한 건, 내일은 세이두와 함께 일을 하러 나가야 한다는 사실이니까.

무사 사장이 나를 잠시 쳐다보았다. 내게 편안히 쉴 자격이 있는지 따져 보자는 듯이.

"그래."

"고맙습니다."

나는 기쁜 마음에 얼른 자리에서 일어섰다.

"저는요? 저만 여기 바깥에서 재울 생각은 아니죠, 그렇죠?"

하디자가 이곳 생활에 얼마나 무지한지를 여실히 보여 주는 물음이었다. 숲 한복판인 여기서 바깥에 잔다는 건 죽음을 무릅쓰는 거나 다름없었다. 그게 아니라면 무사 사장이 왜 열쇠를 가져왔겠는가?

"차라리 공구 창고에서 잘래요, 네?"

겁에 질린 목소리에 무사 사장의 표정이 다소 누그러지는 듯했다.

"그래, 이리 앉아 봐."

무사 사장은 하디자의 족쇄를 풀기 위해 몸을 구부렸다. 순간, 하디자의 눈이 번쩍였다. 아니나 다를까, 짤까닥하는 소리가 들리는 찰나에 하디자가 무릎으로 무사 사장의 얼굴을 들이받았다. 그와 동시에 몸을 휘청거리며 욕설을 퍼붓는 무사 사장의 손가락 사이로 핏방울이 툭툭 떨어졌다.

나는 양손을 앞으로 뻗은 채 한 발 앞으로 나섰다. 하지만 뭘 어째야 할지 판단이 서기도 전에 하디자가 물고기처럼 민첩하게 족쇄를 박차고 어두운 숲속으로 도망쳐 버렸다. 그것도 잽싸게 마체테를 하나 주워 들고서.

나는 잠시 망연하게 서서 꼼짝도 하지 못했다. 기를 쓰고 일어나는 무사 사장의 얼굴을 보고서야 찬물을 뒤집어쓴 듯 정신이 번쩍 들었다.

"사장님……, 걔는……."

별안간 따귀가 날아왔다. 나는 그대로 바닥에 나가떨어졌다.

"어떻게 감히 네가!"

사장은 한 손으로 코를 움켜잡은 채 목청껏 고함을 질러 형제들을 불렀다.

"계집애가 또 도망갔어! 얼른 와 봐!"

삼 형제 중 한 명은 세이두를 비롯해 나머지 아이들을 오두막으로 몰고 가 부랴부랴 자물쇠를 채웠다. 다른 한 명은 횃불을 손에 들고 마체테와 밧줄을 챙겼다. 무사 사장은 코를 움켜쥐지 않은 손으로 쉬지 않고 나를 때렸다. 오래지 않아 무사 사장의 셔츠 앞자락이 온통 시뻘건 피로 물들었다.

아니, 이게 어떻게 내 잘못이야? 그렇게 생각하면서도 나는 손으로 머리를 감싸기에 바빴다. 그나마 다행스럽게도 무사 사장은 지금 내게 분풀이나 하고 있을 시간이 없었다. 하디자를 붙잡아야 했으니까. 마지막으로 머리가 멍해지도록 세차게 한 대 얻어맞고 나서, 나는 공구 창고로 거칠게 떠밀려져 바닥에 나뒹굴었다.

삼 형제의 함성이 숲속으로 멀찍이 물러나자, 공구 창고 안에는 긴장된 침묵이 내려앉았다. 아니, 긴장한 건 바로 나였다. 입술에서 줄줄 흘러내리는 피가 턱을 타고 내려오더니, 어느덧 다리 사이에 조그마한 웅덩이를 만들었다. 나는 금속 용수철처럼 나 자신을 칭칭 감아 꼭 붙들고서 옴짝달싹하지 않았다. 똑똑 떨어지는 핏방울 소리 외에는 아무것도 들리지 않았다.

농장 주인들이 돌아오면 어떻게 될까? 무사 사장은 정말로 내가 하디자의 탈출을 도왔다고 생각하는 걸까? 그럼 이제 내게 무슨 짓을 할까? 어젯밤과 같은 매질을 또 당한다면? 나는 거친 판자벽에 기대어 작게 신음했다.

불현듯 분노의 파도가 나를 집어삼켰다. 어떻게 이럴 수가 있지? 하디자는 무사 사장이 내게 책임을 물을 거라는 사실을 뻔히 알고 있었을 것이다. 그런데도 몇 시간 동안 씨앗을 파내며 도망칠 궁리만 했던 게 분명했다. 나는 왜 바보같이 하디자를 믿었을까?

나는 자세를 바로 하고 주먹을 불끈 쥐었다. 사장님, 내게 맡겨만 주세요. 기쁜 마음으로 대신 처리할게요. 내게 한 짓을 생각하면 갠 당해도 싸니까요.

주먹으로 바닥을 내리치자, 울분이 손가락 마디마디에서 통증이 되어 흘러나왔다. 분노가 한바탕 휩쓸고 지나간 자리에는 두려움이라는, 타다 남은 불씨만이 남아 있었다.

내가 무엇을 할 수 있을까? 답이 없는 질문이었다. 그게 아니라면, 적어도 내 마음에 드는 답은 찾을 길이 없는 질문이었다. 이미 오래전에 그 사실을 깨달았다. 나를, 또 세이두를 도울 수 있는 것은 아무것도 없었다.

나는 세이두를 데리고 여기서 나갈 수 없다. 더 나은 상황을 위해 아무것도 할 수 없다. 내가 할 수 있는 일이란 결국 기다리는 것뿐이다.

'네가 정말로 동생을 위하는 길은 여기에서 하루빨리 데리고

나가는 거야.'

하디자는 자기가 무슨 말을 지껄이는지도 모르고 있었다.

이 농장에 도착했던 첫째 주, 세이두는 밤새도록 목 놓아 울면서 언제 집으로 갈 수 있느냐고 다그쳤다. 나는 세이두에게 온갖 거짓말을 다 해 댔다. 이번 수확만 끝나면 갈 수 있어. 식구들이 금방 우리를 찾으러 올 거야. 빨리 데리고 나갈게……. 하지만 그로부터 이 년이 지났건만 세이두를 데리고 여기서 나갈 수 있을 것 같지는 않았다. 어쩌면 영원히.

나는 공구 창고 뒤쪽으로 가서 구석에 몸을 기대어 앉았다. 누워 있으면 몸이 뻣뻣해져서 재빨리 일어날 수 없을지도 몰랐다. 농장 주인들이 돌아올 때까지 문 앞에서 가만히 기다리고 싶지도 않았다.

그들은 하디자를 잡아서 돌아올 게 분명했다. 이제껏 이 농장을 탈출한 아이는 아무도 없었다. 배부르게 먹고 살던 여자애가 그 첫 주자가 되지 않으리라는 것만은 확실했다.

하디자가 시도했던 탈출을 되짚어 보았다. 만약 내게 세이두가 딸려 있지 않았다면 어땠을까? 나는 덤불 속을 하디자보다 더 조용히 헤쳐 갈 수 있었을 거다. 족쇄를 푸는 일? 하디자의 팔 근육이 나만큼 단단했다면 땅거미가 깔리기 전에 이미 족쇄를 끊었을 것이다. 그러면 무사 사장의 피를 볼 필요조차 없었겠지. 그러나 세이두를 여기 놔두고 도망가느니 차라리 그냥 죽어 버리는 게 낫다.

나는 한숨을 푹 내쉬고는 무릎에 얼굴을 파묻었다. 하디자가 탈출에 성공했을 때, 아니면 도로 잡혀 왔을 때, 둘 중 어느 쪽이 더 화가 날지 짐작할 수 없었다. 그러다가 잡혀 왔으면 좋겠다고 결론을 내렸다. 사장이 하디자를 두들겨 패는 데 힘을 다 쏟아야 내 차례 때는 녹초가 되어 있을 것 아닌가. 사장이 열받은 정도로 보아, 어쩌면 하디자는 오늘 맞아 죽을지도 모른다.

그때 갑자기 슬픔이 밀려와 가슴께가 저릿했다. 그러다 깜짝 놀랐다. 사람이 죽는다는 건 딱한 일이지만, 하디자가 죽는다고 해서 슬픔을 자아낼 만큼 내게 의미 있는 존재는 아니잖은가. 나 또한 그 애에게 의미 있는 존재는 아니다.

그제야 나는 깨달았다. 마음속 맨 밑바닥에서는 하디자가 무사히 도망갔기를 바라고 있다는 사실을. 이유야 어찌 됐든 간에 살쾡이가 이 세상 어딘가에 살아 있다고 생각하는 것이 마음 편했다. 넌 왜 도망치지 못했느냐고 계속 비웃음을 당하는 한이 있더라도.

나는 이런저런 이상한 생각을 하며 앉아 있다가 스르르 잠의 나락으로 빠져들었다.

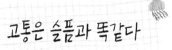

고통은 슬픔과 똑같다

시간이 얼마나 흘렀을까? 요란한 소리에 잠이 깼다. 거친 고함 소리와 발길질 소리 사이로 들리는 가녀린 울음소리……. 이어서 공구 창고의 자물쇠를 푸는 소리와 끼익하며 문이 열리는 소리가 들려왔다. 횃불이 문틈으로 몰려 들어오자, 나는 구석에 쌓여 있는 농약통 뒤로 후다닥 도망쳐 몸을 숨겼다.

횃불 때문에 그림자들이 내 뒤의 벽을 타고 껑충 뛰어올랐다. 문득 그들이 나를 보지 못했다는 걸 깨달았다. 내 안에서 희망의 목소리가 속삭였다. 그들은 널 까맣게 잊고 있어. 하디자 덕분에 네가 여기 있다는 사실을 잊어버린 거야. 그러니까 조용히만 있으면 널 발견하지 못할걸?

그들의 그림자가 내 위에서 춤을 추었다. 나는 마음속 외딴 방을 찾아 어떻게든 그 안으로 들어가기 위해 필사적으로 허우적거렸다. 여기만 아니라면 그 어디든, 어떤 곳이든 상관없었다. 나는 공처럼 몸을 웅크린 채 무릎에 얼굴을 묻었다. 눈을 감고 손으로 귀를 틀어막았다. 이제는 그림자가 보이지 않았다. 하지만 아무리 애써도 소리만은 막을 수가 없었다. 나는 아무것도 듣지 않으려 했지만, 마음속 외딴 방은 여전히 손에 닿지 않는 먼 곳에 있었다.

공기를 갈가리 찢으며 울부짖던 하디자의 소리가 뚝 끊겼다. 드디어 모든 것이 멈추었다. 농장 주인들은 자신들이 이겼다고 확신한 듯 문을 잠그고 밖으로 나가 버렸다. 하디자와 나만 어둠 속에 덩그러니 남겨졌다.

사시나무 떨듯 몸이 덜덜 떨려 왔다. 쟤가 걱정스러워? 하디자가 세이두를 속였다는 사실을, 하디자 때문에 흠씬 두들겨 맞은 사실을 되새기려 애썼다. 그러나 조용히 흐느끼는 소리가 들려오자, 상처받았을 때 혼자라는 사실이 얼마나 끔찍한지가 떠올랐다. 잠시 뒤, 나도 모르게 어둠 속을 헤치고 기어갔다.

무릎이 흙바닥을 쓸며 쉬익, 하는 소리를 내자 하디자의 흐느낌이 멈추었다.

"쉿! 괜찮아. 나야, 아마두. 너한테 해코지 안 해."

"난……, 아……."

하디자는 말을 잇지 못했다. 무심코 하디자의 등에 손을 올렸다. 그 애의 몸이 뻣뻣하게 굳었다. 나는 얼른 손을 치우고 무릎을 가슴에 끌어안은 채 말없이 그 옆을 지켰다.

우리는 마치 밧줄 두 개가 돌돌 말려 있는 것처럼 그 상태로 오랫동안 앉아 있었다. 한 시간쯤 지났을까? 하디자가 살그머니 내게 몸을 기댔다. 나는 오른팔을 하디자에게 두르고서 내 어깨에 기대어 울도록 했다.

"미안해."

나는 마치 잔뜩 겁먹은 아이를 달래듯 작게 원을 그리며 등을 쓸어 주었다.

"미안해."

다른 말은 딱히 떠오르지 않았다.

성미 급한 태양이 밤하늘에 붉은 피를 흘릴 때까지 우리는 꼼짝하지 않고 앉아 있었다. 판자벽 틈새로 분홍빛 여명이 새어 들자, 마침내 최악의 시간은 지나갔다는 생각이 들었다. 고통은 슬픔과 똑같았다. 둘 다 낮에는 견디기가 더 쉬웠다.

"봐, 아침이 왔어."

나는 하디자에게 혼잣말처럼 속삭였다.

창고 안이 환해지자, 나는 일어나 몸을 살살 풀었다. 가능하면 일할 수 있게 준비를 하고 있자고 마음먹었다. 하디자는 미동도 하지 않았다.

오두막 자물쇠가 짤깍 열리는 소리, 물이 후두두 떨어지는 소리, 피곤에 전 사내아이 열세 명이 아침을 시작하는 부산스러운 소리……. 그런 일상의 소리에 뒤섞여 갑자기 이스마일 사장이 다급하게 내 이름을 부르는 소리가 들렸다. 다짜고짜 공구 창고의 문이 활짝 열렸다.

"여기 있는데?"

이스마일 사장의 눈썹이 높이 솟구쳤다. 등 뒤에서 무사 사장의 나직한 목소리가 울렸다.

"아, 맞다. 내가 어젯밤에 여기에다 처넣었지."

이스마일 사장은 입을 떡 벌리고 무사 사장을 쳐다보았다.

"그럼 어젯밤에는 아무도 애들 수를 안 셌단 말이야? 그러다 쟤가 도망이라도 갔으면 어쩔 뻔……!"

무사 사장이 실소를 터뜨렸다.

"됐어. 아무 일 없었잖아. 세이두가 여기 있는 한, 아마두는 아무 데도 못 가."

무사 사장은 내 약점을 아주 잘 알고 있었다.

"이리 나와."

나는 무사 사장의 명령에 따라 순순히 창고 밖으로 나섰다. 하디자는 무사 사장이 직접 끌고 나갔다. 밝은 데서 보니 하디자의 꾀죄죄한 원피스는 피로 얼룩덜룩해져 있었고, 얼굴은 여기저기 얼어터져서 퉁퉁 부어 있었다. 가장 무서운 건 하디자의 눈에 죽음이 어려 있다는 사실이었다.

무사 사장은 우리를 다시 간이 창고로 끌고 갔다. 하디자의 족쇄는 또다시 땅바닥 쇠고리에 연결해 두었다. 무사 사장이 팔을 놓자마자 하디자는 그대로 무너져 버렸다.

하디자가 첫 번째 탈출을 시도했던 날, 무사 사장을 도와 그 애를 잡은 건 바로 나였다. 하디자가 두 번째 탈출을 시도했던 날, 창고 구석에 숨어 있던 것도 나였다. 그 열세 살 여자애는 이제 내 발밑에 쓰러져 있었다. 살쾡이는 사라졌다. 둘 다 내 잘못이었다.

하디자와 나는 어제와 같이 벽처럼 쌓아 올린 열매 자루 앞에 남겨졌다. 오늘은 씨앗을 발효시키는 작업까지 해야 했다.

나는 잠시 동안 맥없이 앉아 있었다. 내게 일할 힘이 아직 남아 있을까? 하디자는 숨쉬는 것만 빼면 살아 있다는 기색조차 없었다. 다 죽어 가는 애에게 도와 달라고 말할 수는 없는 노릇이었다. 나는 한숨을 푹 내쉬고는 뻐근한 근육을 살살 풀었다. 어쩌면 내가 하디자 몫까지 해야 할지도 몰랐다.

나는 가까이에 있는 자루를 내 앞으로 끌고 와 열매를 땅에 우르르 쏟았다. 선물을 발견한 건 바로 그때였다. 자루 밑에 망고가 깔려 있었다. 그것도 네 개나……. 도저히 믿기지가 않았다. 그러니까 어제 세이두는 저보다 몸집이 큰 아이들의 작업 속도만 따라잡은 게 아니라, 내게 줄 망고까지 챙겼던 것이다. 혼자서 작업을 나간 첫날, 일하는 것만으로도 벅찼을 텐데……. 어느덧 내 동생이 나를 보살펴 주고 있었다.

나는 물펌프로 가서 물을 벌컥벌컥 들이켜고는 망고 두 개를 뚝딱 해치웠다. 나머지는 하디자가 내켜 할 때 주려고 아껴 두었다. 그런 다음 곧바로 작업을 시작했다. 기어코 합격을 받아 내고 말 것이다. 세이두를 위해서 꼭 그렇게 해야지.

한낮의 열기에 땀방울이 온몸을 적시자 맞아서 부푼 상처가 몹시 쓰라려 왔다. 하디자는 가만히 앉아 있을 뿐 나와 눈도 마주치지 않았다.

마침내 나는 주위에 있던 자루를 모두 해치웠다. 나머지는 하디자 뒤에 놓여 있었는데, 가까이 다가가면 어떤 반응을 보일지 알 수가 없어서 주저되었다.

"하디자?"

단지 이름을 불렀을 뿐인데도 하디자는 움찔하며 몸을 움츠렸다. 하지만 시간이 조금 더 흐르자 천천히 고개를 들었다. 예쁜 얼굴은 처참하게 망가져 있었다. 입술은 찢어지고 오른쪽 눈은 퉁퉁 부어 제대로 떠지지도 않았다. 전쟁을 치르겠다는 비장한 표정은 싹 가시고 그저 연약하고 앳되어 보이기만 할 뿐이었다.

"여기, 물 좀 마셔."

나는 언제라도 도망갈 수 있는 동물을 어르듯 최대한 부드럽게 말하며 물그릇을 건넸다.

하디자는 멍하니 나를 바라보았다. 이 처참하게 상처 입은 존재는 더 이상 어제 나와 함께 일을 하던 아이가 아닌 것 같았다.

나는 물그릇을 내려놓고 셔츠를 벗어 뒤집었다. 그쪽이 덜 지저분해 보였기 때문이다. 셔츠 소매에 물을 조금 축여 하디자의 얼굴로 가져갔다. 하디자는 다시 움찔했지만 뿌리치지는 않았다. 나는 하디자의 눈과 입을 천천히 닦았다. 셔츠에 물을 좀 더 축여 말라비틀어진 콧물이며 눈물, 핏자국을 깨끗이 닦아 냈다.

그리고 처음 우리 형제가 여기에 도착했을 때 내 동생에게 그랬던 것처럼 사근사근한 목소리로 말을 걸었다. 그냥 아무 얘기나 지껄이며 침묵을 메우려 애썼다.

"넌 이제 괜찮을 거야. 자, 봐. 얼굴이 깨끗해졌잖아. 어때, 기분이 좀 나아졌지?"

나는 하디자의 양손을 꽉 잡고 그나마 제대로 뜨고 있는 한쪽 눈을 지그시 바라보았다. 그러나 내가 알던 살쾡이는 여전히 보이지 않았다. 슬슬 걱정이 되기 시작했다. 지금 하디자가 어디를 방황하고 있는지 알 것 같아서였다.

세상을 마주하는 것보다 차라리 죽는 편이 낫다는 확신이 드는 순간, 마음이 머무르는 메마르고 외로운 곳……. 나 또한 여러 번 빠져들었던 곳이다. 하지만 나는 세이두에게 내가 꼭 필요하다는 사실을 알기에 거기에서 헤어날 수 있었다.

"네 도움이 필요해. 뒤에 있는 자루를 좀 줄래? 난 손이 닿지 않아."

하디자는 여전히 아무 반응이 없었다. 물그릇을 입에 갖다 대고는 한 모금 마시게 했다. 반사적으로 꿀꺽 삼키길래 조금 더 먹였다. 몇 모금 들이키고 나자, 하디자가 나를 똑바로 바라보았다. 아침이 밝은 후로 하디자가 나를 쳐다본 것은 처음이었다. 나는 망고를 집어 마체테로 잘라 주었다.

"먹어."

하디자는 망고 조각을 받아 삼켰다. 노래라도 부르고 싶은 기분이었다. 일단 먹을 힘이 남아 있다면, 적어도 몸은 죽고 싶어 하지 않는다는 증거였다.

하디자의 손을 살며시 잡았다. 아까보다 손가락에 힘이 더 들어간 느낌이 들었다. 나도 모르게 입가에 미소가 번졌다.

"반가워, 살쾡이."

하디자는 망고를 껍질까지 모조리 씹어 먹었다. 그러고는 말없이 자루를 가져왔다.

"고마워."

나는 다시 온종일 껍데기 까는 기계가 되었다. 근육에 쥐가 날 것 같을 때마다 자리에서 일어나 씨앗을 수북이 쌓고 바나나 잎으로 덮어 발효시켰다. 뙤약볕에 며칠 발효된 씨앗들은 휘저어 주기도 했다. 악취가 대단했지만 완전히 시큼해질 때까지는 시렁에 널어 말리지 않았다.

하디자는 내가 일하는 모습을 가만히 지켜보다가 자루가 바닥을 보일 때쯤 다른 자루를 가져와 내 앞에 불쑥 밀어 놓았다.

저녁이 되어 무사 사장이 돌아왔을 때는 이미 모든 자루를 다 해치운 뒤였다.

"다 끝냈다고?"

사장의 눈이 동그래졌다.

"네, 이제 수확조에 합류할 준비가 됐어요."

하루 종일 머릿속으로 연습했던 말이 술술 흘러나왔다.

"시키신 거 다 했잖아요. 수확을 잘할 수 있는데도 절 계속 여기에 놔두면 사장님만 손해예요."

무사 사장은 나무 몸통만큼이나 견고한 표정으로 잠시 나를 바라보았다.

"아마두, 똑똑히 들어라."

무사 사장의 눈은 매섭게 번뜩이고 턱 근육은 눈에 보일 정도로 경직되어 있었다. 희망이 몸 밖으로 천천히 새어 나갔다.

"저년이 도망치는 걸 네가 도왔어, 그것도 두 번씩이나. 그냥 넘어가지 않을 생각이지만 며칠 안으로 수확을 끝내려면 내게 선택의 여지가 없다. 오늘 일꾼 하나를 잃었거든."

잃었다……. 저 하나의 단어는 많은 것을 의미했다. 누군가 도망갔다는 뜻일 수도 있고 죽었다는 뜻일 수도 있다. 아니면 더는 일할 수 없다고 판단될 정도로 심하게 다쳤다거나…….

무사 사장이 말을 이었다.

"그래서 봐준다. 하지만 널 더 유심히 지켜볼 테니까 까불지 않는 게 좋아."

"네, 두고 보세요. 열심히 일할게요!"

나는 안도감에 휩쓸려 숨도 제대로 쉬지 못할 지경이었다.

숲의 가장자리에 첫 번째 조가 나타났다. 무사 사장은 불을 피우러 마당 한가운데로 갔다.

"사장님?"

나는 궁금함을 누르지 못하고 사장을 다급히 불렀다.

"응?"

"오늘 잃었다는 일꾼이요, 그게 누구예요?"

무사 사장이 고개를 돌렸다. 불빛 때문인지 얼굴에 가면을 쓴 것처럼 보였다.

"네 동생."

네 동생.

잠시 동안 나는 그게 무슨 뜻인지 받아들일 수가 없었다. 하디자의 입에서 가느다란 탄식이 흘러나왔다. 나는 벌떡 일어나 마당에 도착해 있는 아이들의 얼굴을 재빨리 훑었다. 세이두가 보이지 않았다. 나는 목이 메인 채 간신히 되물었다.

"세이두라고요?"

"그래, 꽤 심하게 다쳤으니까 한동안 일을 할 수 없을 거다."

"지금 어디 있는데요?"

내 목소리가 덜덜 떨렸다.

"애들이 데려오고 있어."

그 말을 끝으로 무사 사장은 내게서 몸을 돌리더니 화덕에 장작을 집어넣었다. 나는 먼저 도착한 아이들에게 한달음에 달려갔다.

"오늘 세이두 봤니?"

하나같이 못 봤다는 대답뿐이었다. 초조함에 손이 덜덜 떨려왔다. 무사 사장이 나를 응시하고 있었다. 그 눈은 거울 같았다. 보이는 것은 공포에 질린 나 자신뿐, 그 뒤에 가려진 것이 무엇인지는 전혀 보이지 않았다. 사장이 무슨 생각을 하고 있는지도 도통 알 수가 없었다. 나는 두려움에 떨며 한참을 서성댔다.

나뭇잎이 부르르 떨리더니 한 무리의 아이들이 나타났다. 아이들은 자루의 모서리를 잡은 채 질질 끌고 왔다. 자루가 지나는 자리마다 시뻘건 핏자국이 남았다.

피범벅이 된 세이두가 자루 위에 축 늘어져 있었다. 뼈만 앙상한 다리는 자루 밖으로 튀어나와 있었는데, 질질 끌려오느라 뒤꿈치가 온통 흙투성이였다. 고개가 옆으로 돌아가 있는 것으로 보아 의식을 잃은 것 같았다. 피 색깔이 선명한 걸 보니 다친 지

그리 오래되지는 않은 듯했다.

"야, 비켜! 무거워 죽겠단 말이야."

한쪽 모서리를 잡고 있던 모디보가 이렇게 쏘아붙이더니 내 손을 홱 밀쳤다. 나는 땅에 이리저리 끌리는 세이두의 발뒤꿈치를 멍하니 뒤따랐다.

화덕 가장자리에 도착하자, 아이들은 자루를 내려놓고 팔을 쭉 뻗으며 목을 우두둑 꺾고 떠나갔다. 마치 사람이 아니라 카카오 자루라도 들고 온 것처럼. 다들 지옥에나 갔으면 좋겠다.

자루가 불 앞에 펼쳐졌다. 불빛이 세이두의 움푹 팬 관자놀이를 밝게 비추었다.

"아, 세이두……."

세이두가 입고 있던 셔츠가 팔을 단단히 감싸고 있었다. 그때 갑자기 두툼한 손이 어깨를 짓눌러 화들짝 놀랐다. 고개를 돌려 보니 무사 사장이 손에 작은 가방을 들고 서 있었다.

"어디 좀 보자."

무사 사장이 무릎을 꿇고 앉아 세이두의 팔을 감싼 셔츠를 풀었다. 피가 흠뻑 밴 셔츠가 땅으로 철퍼덕하고 떨어졌다.

상처는 팔뚝에서부터 손바닥까지 길고 깊게 나 있었다. 살점이 덜렁대는 사이로 흰 뼈가 비치고 있었다. 무사 사장은 세이두의 팔뚝을 감싸 쥐고 양 엄지손가락으로 상처를 오므리더니 턱짓으로 나에게 지시했다.

"여기 좀 붙잡아 봐."

나는 주저주저하며 손을 뻗어 세이두의 손목을 그러쥐었다. 고개를 돌리고 싶지 않았지만, 그렇다고 상처를 똑바로 볼 엄두도 나지 않았다. 할 수 없이 내 엄지손가락 손톱 밑에 낀 때를 보았다. 무사 사장은 가방에서 까만색 실타래와 바늘을 꺼냈다.

"뭘 하시게요?"

"피를 멈추려면 일단 꿰매야 해."

나는 무사 사장이 한없이 증오스러우면서도, 이럴 때 어떻게 해야 하는지 알고 있다는 데에 고마운 마음이 들었다. 사장은 허리를 굽히고 상처를 듬성듬성 꿰매기 시작했다.

"어쩌다…… 다친 거예요?"

"세이두가 나무줄기를 붙잡았는데, 다른 아이도 거기 달려 있는 열매를 따려고 칼을 휘둘렀다더라. 그러다 열매 대신 세이두 팔을 벤 거지."

칼을 휘두른 아이가 누구인지 묻고 싶었다. 마음속에서 분노의 불길이 이글이글 타올랐다. 그 아이가 누구든 당장 찾아내 맨손으로 때려죽이고 싶었다.

무사 사장은 내 마음을 꿰뚫기라도 한 듯 한쪽 눈썹을 추켜세우고 나를 바라보았다. 하지만 나는 질문을 꿀꺽 삼켰다. 진실을 알게 되면 내가 무슨 짓을 할지 예측할 수가 없었다.

따지고 보면 그 아이만의 잘못도 아니었다. 세이두도 조심했어야 했다. 나는 작업을 하는 틈틈이 세이두가 무얼 하는지를 확인했다. 세이두는 내 곁에 있는 게 익숙하기에, 다른 사람과 적당한 거리를 두고 일해야 한다는 기본적인 상식을 배운 적이 없었다. 그러니 다른 아이가 세이두를 벤 것도 따지고 보면 다 내 잘못이었다. 나는 고개를 돌리고 입을 굳게 다물었다.

무사 사장은 바느질을 계속했다. 까맣고 작은 매듭은 마치 못생긴 새들 같았다. 새들은 팔에서부터 손까지 줄지어 날아가고 있었다.

"천을 찾아서 팔을 감고 꽉 묶어라."

무사 사장은 바늘에 묻은 피를 바지에 쓱 훔치더니 가방에 넣고 자리를 떠났다.

나는 세이두의 머리를 내 무릎에 누였다. 더러운 셔츠를 다시 써도 될까? 젖은 천으로 꿰맨 상처를 감싸도 될까? 하지만 선택의 여지가 없었다. 나는 세이두의 셔츠를 들고 물펌프로 갔다.

몇 번의 힘찬 펌프질 끝에 세찬 물줄기가 뿜어져 나왔다. 셔츠를 펌프 주둥이에 갖다 대고 쥐어짰다. 손이 금세 피로 물들었다. 어느덧 내 발가락의 주름을 붉게 메울 정도로 시뻘건 진흙 웅덩이가 만들어졌다.

셔츠를 여러 가닥으로 찢어 사용하면 좋을 것이다. 붕대로도 쓰고, 몸을 닦는 데도 쓰고, 열기를 식히는 물수건으로도 쓰고. 하지만 당장 편하자고 하나뿐인 셔츠를 망가뜨릴 수는 없었다.

별수 없이 셔츠를 길게 접어 세이두의 팔을 단단히 감쌌다. 매듭의 끝을 당기는 순간, 세이두가 고통을 참지 못하고 울음을 터뜨렸다.

"세이두?"

세이두는 대답 대신 끽끽 비명을 내지를 뿐이었다. 주변을 휘둘러봤지만, 저녁 준비가 한창인 터라 아무도 우리를 돌아보지 않았다. 하디자만이 엉거주춤하게 서서 우리를 바라보고 있었다. 족쇄가 허락하는 한 이쪽으로 최대한 가까이 다가온 거지만, 여전히 꽤 멀리 떨어져 있었다. 나는 세이두의 얼굴에 바싹 몸을 기울인 다음 다정한 목소리로 소곤거렸다.

"깼어? 이제 괜찮아. 나야, 형이야. 네 옆에 있으니까 이제 안심해. 많이 아프지? 그래도 상처를 꿰맸으니까 곧 괜찮아질 거야. 그럴 거야. 쉿!"

나는 세이두를 진정시키려고 아무 말이나 늘어놓았다. 하지만 별 소용이 없었다. 세이두는 이리저리 몸부림을 치며 다친 손으로 주먹을 쥐어 보려 애썼다. 하지만 손가락 세 개만 가까스로 구부릴 수 있을 뿐이었다. 목구멍을 타고 신물이 올라왔다.

"괜찮을 거야. 괜찮을 거야……."

나는 혼자 중얼거렸다.

세이두를 물펌프로 데려가 눕히고 셔츠를 벗어서 물에 적신 다음 몸을 닦아 주었다. 흙먼지와 핏자국을 씻어 내자 피부가 더

없이 창백해 보였다. 그런 살빛은 난생처음 보는지라 덜컥 겁이
났다.

세이두가 몸을 심하게 떨어 다시 불가로 데리고 갔다. 머리를
내 무릎에 누이고 다리를 불 쪽으로 쭉 뻗게 했다. 어떤 아이가
내게 스튜 한 그릇을 내밀었지만 도저히 먹을 수가 없었다.

유수프가 다가와 세이두를 들어 품에 안으려는 나를 도와주
었다. 그러나 나는 유수프에게서 등을 돌려 버렸다. 그래, 너도
오늘 거기 있었잖아. 과연 널 믿어도 될지 모르겠어.

"미안하다."

유수프는 그 말과 함께 자리를 떠났다.

취침 시간이 되자 세이두를 부축해 오두막으로 들어갔다. 아
이들이 잠잘 준비를 하느라 부산을 떨었다. 나는 평소에 우리가
눕는 후미진 구석으로 가서 지저분한 짚더미 위에 세이두를 살
살 눕혔다. 그때 짤랑거리는 족쇄 소리가 저만치에서 들려왔다.

고개를 들어 보니 하디자가 오두막 안으로 떠밀려 들어오고
있었다. 커다란 문이 쾅 닫히자, 화덕의 한 줄기 불빛마저 사라져
버렸다. 아, 그새 나는 하디자의 존재를 까맣게 잊고 있었구나.

"행운을 빈다."

문 건너편에서 메마른 목소리가 낄낄댔다. 곧 빗장이 내려지
고 자물쇠가 잠겼다.

순간, 오두막에는 적막이 감돌았다. 잠시 후 나이 많은 소년들이 자리 잡은 문 앞쪽에서 휘파람 소리가 들렸다.

"어이, 예쁜이. 이쪽으로 와서 자라!"

누군가의 말에 아이들 사이에서 가볍게 웃음이 터졌다. 나는 그것이 어색한 침묵을 깨기 위해 농담이랍시고 던진 말이라는 걸 알고 있었다. 하지만 하디자는 알지 못할 터였다.

아니나 다를까, 하디자는 꺅 소리를 지르며 도망치려고 허둥대다가 다른 아이에게 걸려 넘어졌다. 뒤이어 하디자에게 깔린 아이가 꽥 소리를 질렀다. 아이들의 웃음소리는 점점 더 커졌다. 하디자는 소리 죽여 울었다. 나는 벌떡 일어나 울음소리를 따라 하디자를 찾아갔다. 발을 질질 끌어야 다른 아이를 밟지 않고 넘어갈 수 있었다.

나흘 전에는 알지도 못했던 여자애를 도와주기 위해 다친 동생을 두고 자리에서 일어났다는 사실이 나도 믿기지 않았다. 하지만 그래야만 했다. 다른 아이들은 어젯밤에 저 애가 무슨 일을 당했는지 모르지만, 나는 너무나 잘 알고 있었다. 어젯밤에는 아무것도 할 수 없었지만 지금은 뭐든 할 수 있었다.

"그만둬!"

쩌렁쩌렁하게 터져 나온 내 목소리에 웃음소리가 뚝 그쳤다.

"이리 와, 하디자."

어둠을 뚫고 하디자를 향해 손을 내밀었다. 내 손이 닿자 하디자가 몸을 움찔했다.

"……아마두?"

하디자의 목소리가 불안정하게 흔들렸다.

"그래, 나야."

매끄러운 손이 마주 닿았다. 나는 그 손을 잡아 내 쪽으로 끌어당겼다.

"애들 안 밟게 조심해. 세이두는 저쪽 구석에 있어."

하디자를 데리고 제자리로 돌아가는 동안, '새 여자 친구와 할 수 있는 다채로운 일'들이 여기저기에서 들려왔다. 또 한 번 소리를 지르면 가만히 안 있겠노라는 으름장이 들리기도 했다. 하지만 나는 그냥 그러려니 했다. 어쨌든 나는 여기에서 가장 나이가 많은 축에 들어서 그 누구도 쉽게 괴롭힐 수 없었다.

내 발이 어떤 아이의 발에 살짝 부딪혔다. 아이는 잽싸게 발을 치웠다.

"거기가 네 자리야."

유수프였다.

나는 세이두의 들쭉날쭉한 숨소리가 들릴 때까지 앞으로 기어가 앉았다. 하디자 역시 짤랑거리며 내 옆에 자리를 잡아 앉았다. 족쇄가 달달 떨리는 소리를 내었다.

"괜찮아. 아까 그건 그냥들 하는 소리야."

하디자는 아무 말이 없었다.

"우린 지금 구석에 있어. 세이두를 조심히 넘어가서 벽 쪽에 붙어서 자. 난 여기서 잘 테니까."

긴 침묵 끝에 하디자가 짤랑거리며 내가 말한 대로 움직이는 기척이 났다. 나도 세이두 옆에 누워 몸을 쭉 뻗었다.

그 후로도 얼마간 짓궂은 휘파람 소리와 농담이 여기저기서 흘러나왔다. 그러다 목소리가 하나씩 잦아들더니 이내 잠에 곯아떨어졌다. 모두 오늘 기나긴 하루를 보냈을 터였다. 내일 또한 그러겠지. 우리에게 잠보다 더 나은 농담은 없었다.

밤의 숲에서 나는 소리를 빼고는 아무 소리도 들리지 않았다. 나는 이제 거두어야 할 사람이 둘이 되었으니 어찌해야 좋을지 몰라서 고민에 빠졌다. 선잠에 들었다가도 세이두가 뒤척이거나 흐느낄 때면 눈을 번쩍 떴다. 어둠 속에서 세이두의 얼굴을 쓰다듬으면 따뜻한 느낌이 들었고, 팔을 쓰다듬으면 축축한 느낌이 들었다. 그 어느 쪽도 위로가 되지 않았다.

그러다 꿈을 꾸었다. 흥건한 피가 발목까지 잠기는 벌판을 걷고 또 걸었다. 줄지어 늘어선 까만 새들이 하늘의 상처를 꿰매고 있는 가운데 문득 정신을 차려 보면 내 옆에 아가리를 쩍 벌린 무덤이 있었다. 나는 불현듯 잠에서 깨어났다. 나도 모르게 온몸이 벌벌 떨렸다. 심장이 두방망이질치고 호흡이 가빠졌다. 나는 세이두를 꽉 움켜잡았다.

다음 날 아침 오두막 문이 열렸을 때, 나는 아직 다른 세상에 머물러 있었다. 눈앞이 흐릿하고 귀가 멍했다. 무사 사장이 어서 일어나라며 내 머리를 손바닥으로 철썩철썩 때렸다. 정신을 차려 보니, 나는 여전히 세이두를 양팔로 꼭 부여잡고 있었다.

간신히 세이두를 부축해 일어섰다. 세이두가 얼마나 무거운지 새삼 실감이 났다. 하디자는 족쇄를 짤랑거리는 그림자처럼 내 뒤를 따랐다.

나는 노인처럼 등을 구부리고 한 발 한 발 앞으로 천천히 내밀며 간신히 펌프에 도착했다. 세이두의 팔에 감긴 셔츠를 풀고 상처를 씻긴 뒤 도로 감아 주었다. 열이 펄펄 끓는 세이두의 얼굴에 물을 튀기면서 입을 축여 주기 위해 애썼다. 턱으로 줄줄 흐르는 게 대부분이었는데, 어쩌다 한두 번 목젖이 움직이기라도 하면 그렇듯 기쁠 수가 없었다.

무사 사장이 다가와 내게 수프 그릇을 내밀었다.

"먹어라."

나는 그릇을 내치고 무사 사장에게 고래고래 소리를 지르고 싶었다. 내 동생을 살려 달라고 애원하고 싶었다. 하지만 입만 뻥긋거릴 뿐 아무 말도 새어 나오지 않았다. 무사 사장이 내 손에 그릇을 쥐어 주더니 세이두를 부축했다. 그러고는 다시 한 번 말했다.

"먹어라."

사장은 세이두를 데리고 오두막으로 걸어 들어갔다. 나는 그 뒤를 쫓아가려 벌떡 일어났다.

"잠깐만요, 잠깐만요!"

하지만 사장은 내 말을 무시했다. 딱히 멈춰 세울 방법도 없는 것 같았다. 나는 그릇에 든 게 무엇인지도 보지 않은 채 뚝딱 해치우고는 급히 오두막 안으로 따라 들어갔다.

사장은 세이두를 바르게 눕힌 다음 짚을 가져다 머리 밑에 받쳐 주었다. 진저리나게 끔찍하면서도 고마운 마음이 들었다.

"양동이에 물 좀 받아 오고 수프 남은 거 있으면 이리 가져와."

나는 고개를 끄덕이고 부리나케 밖으로 달려갔다.

물 양동이와 수프를 챙겨 다시 오두막으로 들어갔을 때는, 하디자가 세이두 곁에 앉아 있었다. 사장은 한쪽에 떨어져 서서 세이두와 하디자를 넌더리난다는 표정으로 바라보고 있었다. 그러다 나를 향해 말했다.

"아마두, 우리는 바로 일하러 가야 돼. 세이두 곁에는 애를 놔두자."

그러고는 오두막 밖 아침 햇살 속으로 성큼성큼 걸어 나갔다. 곧이어 작업 도구를 챙겨 조별로 줄을 서라고 외치는 소리가 들려왔다. 빨리 가서 줄을 서야 했다. 꼴찌로 줄을 서면 무딘 칼이 걸릴지도 몰랐다. 순간, 그런 문제에 조급해하는 스스로에게 놀라 헛웃음이 비어져 나왔다.

그때 하디자가 고개를 들어 나를 쳐다보았다. 나는 하디자 옆에 물 양동이를 내려놓고 수프 그릇을 건네었다.

"잘 부탁해. 최대한 빨리 돌아올게."

하디자는 아무 대꾸도 하지 않았지만 내가 건넨 그릇을 받아 들었다. 나는 세이두의 머리 밑 짚더미를 다시 한 번 매만져 주고는 내 이마를 세이두의 뜨거운 이마에 맞대었다.

"살아 있어야 해. 오늘 밤까지 꼭 살아 있어야 해. 내 말 들려?"

나는 간절하게 속삭였다. 세이두는 초점 잃은 눈으로 허공을 응시하고 있었다. 내 말을 들었는지 아닌지 확실치 않았다.

"아마두! 나와!"

사장의 목소리에 짜증이 가득 배어 있었다. 그때 하디자의 손이 내 발목을 움켜잡았다. 나는 깜짝 놀라 하디자를 쳐다보았다. 하디자는 고통에 신음하며 구슬프게 우는 세이두에게 시선을 고정하고 있었다.

"얼른 가. 내가 잘 보살필게."

하디자가 내게 이름이 아닌 말을 한 것은 그 사건이 벌어진 후로 처음이었다.

"고마워."

나는 속삭이듯 말하고 오두막을 걸어 나왔다. 사장이 내 뒤에서 문을 쾅 닫고 자물쇠를 채웠다.

"마체테 가져와라."

사장은 곧 숲으로 향했다. 맨 마지막 조가 청록색 초목들 사이로 사라지고 있었다.

　나는 공구 창고로 가서 하나 남은 마체테를 집어 들었다. 이럴 줄 알았다. 제일 안 드는 칼이었다. 손잡이가 벌어지고 뒤틀려 있기까지 했다. 그래도 막상 칼자루를 손에 잡자 기분이 한층 가벼워졌다. 살쾡이가 내 동생을 돌봐 준다고 했으니까. 날이 잘 들지 않는 마체테는 아주, 아주 작은 문제일 뿐이니까.

불길한 생각

수없이 윙윙거리는 모깃소리. 손바닥으로 얼굴이고 팔이고 다리고 찰싹찰싹 때리며 쫓아내 보지만, 아랑곳하지 않고 끊임 없이 날아든다. 그런 면에서 모기는 불길한 생각과 닮아 있다. 온종일 세이두에 관한 생각을 멀리 쫓아냈건만, 그런다고 온전 히 막을 수는 없었다.

태양은 여느 때보다 더 꾸물꾸물 기어가는 것 같았다. 나는 어 서 오두막으로 돌아갈 시간이 되기를 바라면서 빠른 속도로 자 루를 채워 나갔다. 내 등에 십자 모양으로 부푼 상처는 마체테를 휘두를 때마다 몹시 쓰라렸다. 두 번째 자루를 채우고 있을 때 누군가 말을 걸어 왔다.

"동생 일은 미안하게 됐어."

유수프였다.

나는 아무런 대꾸도 없이 칼질을 계속했다.

유수프가 착한 녀석이란 건 잘 알고 있었다. 하지만 내 머릿속 한편에서는 독기 서린 목소리가 소곤거렸다. 혹시 죄책감 때문에 그러는 것 아닐까. 내 동생을 베어 버린 게 이 녀석인가? 하지만 나는 묻지 않을 것이다. 잠시 뒤, 유수프는 다시 일을 하러 저 만치로 걸어갔다.

마침내 무사 사장이 오렌지색 띠를 두른 구름을 바라보며 돌아갈 시각이라고 말했다. 나는 허리춤에 둘둘 감은 밧줄에 마체테를 아무렇게나 찔러 넣고서 오두막을 향해 부리나케 뛰었다.

간이 창고 옆에 자루를 내려놓고, 마체테는 공구 창고에 휙 던져 버린 다음, 오두막으로 허겁지겁 달려 들어갔다.

"세이두, 나 왔어!"

무사 사장이 자물쇠를 풀어 주었다. 세이두는 아무 미동도 없이 누워 있었다. 가슴팍이 약하게 올라갔다 내려갔다 했다. 그 모습을 보자 내 숨도 따라서 느려졌다. 손으로 얼굴을 어루만지자 손끝이 닿기만 해도 아픈 듯 숨을 제대로 쉬지 못했다. 몸은 불에 타는 듯 뜨거웠다. 아침에 둘둘 감아 놓았던 붕대는 어느새 야무지게 꽉 죄어져 있었다.

나는 무슨 말을 해야 할지 몰라 하디자를 멍하니 바라보았다.

"이런 상태가 된 지 좀 됐어."

하디자가 말했다.

"깬 적은 없었고?"

"몇 번 깼는데, 헛소리를 지껄였어."

"물은 더 줬니?"

"어떻게 주겠냐?"

둘이 갇혀 있었다는 사실이 뒤늦게 떠올랐다.

"내가 지금 떠올게."

나는 빈 양동이를 집어 들었다.

"나도…… 줄 거니?"

"당연하지."

나는 양동이에 물을 담아 오두막으로 돌아갔다. 하디자에게
먼저 물을 권했다. 하디자는 천천히 몇 모금 들이킨 후 양동이를
젖혀 머리와 손을 물에 적셨다.

빈 양동이를 다시 채워 왔다. 한 손으로 세이두의 고개를 받치
고 다른 손으로 물을 떠 입에 부으려 했다. 세이두는 연거푸 신
음을 하면서 고개를 돌렸다. 그 바람에 목 아래로 물이 줄줄 흘
렀다. 세이두가 일어나지 않는 한 억지로 물을 마시게 할 수는
없을 듯했다. 열이 펄펄 끓고 있어서 일어날 수도 없을 터였다.

결국 세이두의 얼굴에 물을 확 끼얹어 버렸다. 그렇게라도 열
을 떨어뜨려야 할 것 같았다. 차가운 물이 얼굴을 덮치자 세이두

가 벌떡 일어나 발버둥을 쳤다. 온몸을 비틀며 몸부림을 치는 통에 물웅덩이가 진흙으로 변해 얼굴과 어깨를 덧칠했다. 다른 아이들이 내 뒤에서 숙덕거렸다.

"세이두! 세이두!"

나는 몸을 숙인 채 외쳤다. 세이두의 비명은 나를 혼란스럽게 했다. 내가 여기 있다는 사실을 세이두가 알고 있는지조차 가늠할 길이 없었다.

"아까도 이랬어?"

하디자가 고개를 끄덕거렸다. 나는 무력감에 그대로 얼어붙었다. 불쾌감이 실린 끙 하는 소리에 고개를 돌려 보니 무사 사장이었다. 사장은 무슨 속셈인지 세이두를 오두막 밖으로 끄집어냈다. 나는 얼른 일어나 뒤쫓아갔다.

"잠깐만요! 그렇게 잡아끌면 아프잖아요!"

사장의 눈빛에 짜증이 가득 배어 있었다.

"열이 이 정도로 나면 원래 다 아파."

"저기 가만히 두는 게 덜 아플 거라고요. 그만두세요!"

무사 사장은 내 말을 무시하고 물펌프 곁 진흙 바닥에 세이두를 눕혔다. 세이두는 도망치려고 안간힘을 썼다.

"고개 좀 꽉 잡아라."

나는 재빨리 세이두 뒤로 가서 몸을 내게 기대게 했다. 아까 내가 세이두의 몸에 물을 끼얹었을 때 난리가 났었다는 얘기를 하려 했지만, 무사 사장은 아랑곳하지 않고 펌프 뒤로 가서 힘차게 손잡이를 휘저었다. 우리 둘 다 이내 물을 흠뻑 뒤집어썼다. 물벼락을 맞은 세이두가 내 품에서 부르르 떨었다.

"그만하시라니까요! 아파 하잖아요!"

"아픈 게 낫냐, 죽는 게 낫냐?"

무사 사장의 질문이 칼처럼 나를 푹 찔렀다. 둘 다 싫다!

"열을 떨어뜨려야 해. 안 그러면 죽을 수도 있어. 지금 아프더라도 사는 게 낫잖아. 어떻게 할 테냐?"

나는 할 말을 잃고 사장을 멍하니 쳐다보았다. 잠시 침묵이 흐른 뒤 사장이 다시 펌프질을 하기 시작했다. 나는 악을 쓰며 길길이 날뛰는 세이두를 꽉 붙잡았다. 녀석은 몸을 축 늘어뜨린 채 하염없이 눈물만 흘렸다. 차디찬 물이 세차게 때리면서 내 눈물과 함께 세이두의 열도 조금씩 가져갔다.

이윽고 펌프질이 멎었다. 세이두와 나는 흠뻑 젖은 채 초저녁 바람에 한기를 느끼고 몸을 부들부들 떨었다.

"이제 불가로 가자."

나는 사장과 함께 축 늘어진 세이두의 몸을 부축해 불가로 갔다. 사장이 손을 놓자, 세이두와 나는 오렌지색 불빛 안으로 와르르 넘어졌다. 나는 세이두의 머리를 무릎 위에 누인 뒤 다친 팔을 조심스레 가슴 위에 올려놓았다. 아이들은 숨을 죽인 채 우리를 가만히 지켜보았다.

나는 여전히 흠뻑 젖어 있었지만 세이두는 열 때문인지 벌써 물이 다 말랐다. 세이두의 시선은 아직도 허공을 헤매고 있었다. 마치 내가 닿을 수 없는 곳으로 멀리 떠나 버린 듯했다.

유수프가 스튜를 한 그릇 가져다주었다. 건더기가 있는 국물을 억지로 먹였다가 질식이라도 할까 봐 겁이 덜컥 났다. 그래서 스튜는 나만 먹고 세이두의 입술에 물을 조금씩 축이면서 밤을 보냈다.

농장 주인들이 이제 그만 자라고 소리쳤다. 오늘 밤을 어떻게 넘겨야 할지 걱정이 태산 같았다. 일단 물펌프로 가서 밤에 필요한 물을 양동이에 담아 오두막으로 가져다 놓았다. 그러고는 세이두를 질질 끌다시피 해서 오두막으로 데려갔다.

시간이 얼마나 흘렀을까? 하디자가 속삭였다.

"아마두? 너 깨어 있어?"

족쇄가 불편해서일까? 아니면 사내아이 열네 명에 둘러싸여 있어서일까? 하디자는 좀처럼 잠을 이루지 못하는 듯했다. 나는 한숨을 쉬며 조용히 대답했다.

"응, 왜?"

"피곤하면 자도 돼. 네 동생 얼굴은 내가 닦을게."

"아니, 괜찮아."

"그래도 잠을 자도록 해 봐."

"네가 무슨 상관인데?"

우리는 잠시 동안 아무 말도 하지 않았다.

"난 오늘 하루 좀 쉬었잖아. 아마 내일도 여기 갇혀 있을 테고. 그때 자면 돼. 넌 오늘 하루 종일 일했잖아. 내일도 일하러 가야 하고. 그러니까 시간이 날 때 잠을 자 둬."

"내 동생은 내가 돌볼 거야."

그 말은 신맛이 났다, 마치 거짓의 맛처럼.

"이러다 너까지 아프면 어떡해? 세이두한테 좋을 게 없잖아."

"네가 그걸 왜 신경 쓰는데?"

하디자는 한참 뜸을 들이다가 웅얼거리듯이 말했다.

"……네가 아프면 나도 도움을 받을 수 없으니까."

"뭐?"

"여기 있는 애들은 너희를 괴롭히지 않아. 그래서인지 나도 안 괴롭히고. 하지만 너희 둘 다 아프게 되면……."

나는 양동이에 손을 넣고는 이리저리 휘저었다. 잠시 동안 내 손이 첨벙거리는 소리만 들렸다. 물속에 하도 오래 담그고 있어서 손가락이 다 쪼글쪼글해졌다. 나는 세이두의 이마에 연거푸 물을 뿌렸다.

"아마 내일은 사장님이 세이두랑 같이 있게 해 줄걸?"

하디자는 작게 코웃음을 쳤다.

"사장을 너무 믿네."

어쩐지 하디자의 생각이 틀렸다는 것을 증명해야 할 것만 같은 기분이 들었다.

"사장님도 세이두에게 마음을 쓰고 있어. 상처도 꿰매 주고, 열도 떨어뜨리려 애썼잖아. 세이두를 혼자 두지 않고 종일 너랑 있게 했고."

하디자가 다시 콧방귀를 뀌었다.

"착각이 심하군."

나는 입을 꾹 다물었다. 부아가 치밀었다. 하디자는 아랑곳하지 않고 계속 떠들어 댔다.

"그 사람은 세이두를 신경 쓰지 않아! 아니, 너희들 전부! 왜 세이두를 치료해 주냐고? 더 써먹으려고! 내일은 너를 세이두 옆에 둘 거라고? 천만에! 넌 어른들만큼 수확하잖아. 그걸 포기할 거라고 생각해? 절대 그러지 않을걸?"

나는 분통이 터져 주먹을 불끈 쥐었다. 하디자가 뭐라고 지껄이든 더는 듣고 싶지 않았다.

"세이두를 신경 쓴다 쳐. 하지만 그건 별로 어려운 일이 아니어서 그러는 거야. 그 사람이 신경 쓰는 건 돈뿐이라고."

하디자는 잠시 말을 멈추었다.

"아마두?"

하디자가 몇 번 더 내 이름을 불렀지만 나는 짐짓 아무 대꾸도 하지 않았다. 다시는 하디자와 말을 섞고 싶지 않았다. 하디자더러 세이두를 돌보게 하지도 않을 참이었다. 나는 절대로 잠들지 않을 셈이었다.

다음 날 아침, 빈 양동이를 채우기 위해 물펌프로 갔다. 사장이 세이두를 데리고 나와 펌프 옆에 뉘었다. 나는 세이두의 얼굴에 물을 약간 끼얹어 보았다. 세이두의 눈가에 튄 물이 뺨의 곡선을 타고 주르륵 흘러내리다가 땅으로 똑똑 떨어졌다.

세이두는 움찔하지도 않았다. 사장은 눈살을 찌푸리더니 세이두의 팔이 흠뻑 젖을 때까지 물을 틀어 놓았다. 그러고서 매듭을 잡아당겨 붕대를 풀었다. 상처는 어마어마한 악취를 풍겼다. 썩어 문드러진 살 냄새와 땀내와 뒤섞여 역한 냄새를 풍겼다. 나도 모르게 고개를 돌리고 구역질을 했다.

세이두는 낫고 있는 게 아니었다. 내가 생각했던 것보다 상태가 훨씬 더 심각했다. 사장은 세이두의 팔을 이리저리 살피더니 실로 꿰맨 자리를 손가락으로 꾹꾹 눌러 보았다. 잔뜩 부풀어 오른 채 진물과 피고름이 줄줄 흘러내렸다.

"네 동생 팔은 굉장히 심각한 상태야. 이대로 두면 안 되겠어. 넌 수확을 하러 가라. 오늘은 내가 남아서 돌보마."

사장은 전에 없이 온화한 표정을 지어 보였다.

천만다행이다. 사장은 뭔가 방법을 알고 있겠지. 나는 오두막 모퉁이에 서서 이쪽을 바라보고 있는 하디자를 째려보았다. 무사 사장이 다 알아서 해 줄 거라고 생각하면서. 하디자는 고개를 휙 돌리더니 다리를 절뚝이며 아침을 먹기 위해 피워 놓은 화덕으로 갔다. 어쩌면 내가 머릿속으로 하고 있는 말을 들었는지도 모르겠다.

나는 하디자에게서 멀찌감치 떨어져 서서, 아침 식사로 나온 삶은 녹색 바나나를 먹었다. 마당 저편에서 무사 사장이 형제들과 뭔가를 의논하는 모습이 보였다. 잠시 후, 이스마일 사장과 살리프 사장이 일꾼을 반씩 나누어 두 조를 꾸렸다.

나는 이스마일 사장 조에 배치되었다. 이스마일 사장은 참을성이 없는 성미였다. 공구 창고로 얼른 달려가 마체테를 꺼낸 뒤 줄을 섰다. 이번엔 그나마 최악의 마체테는 피했다. 왠지 웃음이 실실 났다. 벌써부터 저녁이 기대되었다.

그러나 무사 사장에게 끌려오는 하디자를 보는 순간, 조금 전까지 좋았던 기분이 싹 사라졌다. 사장은 내 앞에서 멈춰 서더니 수갑 한쪽을 내밀었다. 나머지 한쪽은 하디자의 손목에 채워져 있었다.

"……네? 왜……요?"

무사 사장은 자신이 세상에서 가장 인내심이 많은 사람이라는 듯한 눈길로 나를 바라보았다. 그런데 내가 그 인내심을 한 방울씩 고갈시키고 있기라도 하다는 듯한 눈빛이었다.

"내가 여기 남아서 네 동생을 돌보려면 애라도 가서 일을 해야지.”

사장은 내 왼쪽 손목을 잡아채더니 무거운 쇠수갑을 철컥 끼우고 돌아서 가 버렸다. 나는 넋이 나간 채 사장의 뒷모습과 내 손에 채워진 수갑, 그리고 반대편에 매인 하디자를 차례로 바라보았다. 갑자기 사장이 우뚝 멈추어 서더니 몸을 반쯤 돌렸다.

“아, 맞다. 아마두.”

“네?”

“오늘 저 계집애가 도망치면 말이지……. 난 네 동생을 죽여 버릴 거다.”

사장은 그 말을 남기고 성큼성큼 멀어져 갔다.

“거봐, 저 사람을 너무 믿는다니까.”

나지막하지만 매서운 목소리였다. 하디자의 목소리는 공들여 다잡아 놓은 내 마음을 산산조각 내 버렸다. 끔찍한 두려움이 나를 휩쓸었다.

이스마일 사장 조는 이미 숲속으로 사라진 후였다. 그들을 따라잡기 위해 걸음을 내디딜 때마다 내 왼쪽 팔이 불규칙하게 뒤로 홱홱 잡아당겨졌다.

우리는 더 이상 아무 말도 하지 않은 채 대열의 맨 끝에 있는 아이를 따라잡았다. 쩔렁거리는 수갑 소리를 듣고 그 아이가 뒤를 돌아보았다. 우리를 보더니 곧장 눈썹이 위로 치솟았다.

나는 그 아이가 이 모든 상황이 얼마나 불공평한지 이해하고 있노라고 어떤 식으로든 신호를 보내 주기를 바랐다. 그렇게만 한다면 나는 방금 전 무사 사장이 내뱉은 그 섬뜩한 말을 죄다 털어놓을 셈이었다. 내 마음속 밑바닥에 독사처럼 또아리를 튼 그 말을 듣고, 무사 사장이 그런 뜻으로 얘기한 게 아니라고 누군가 내게 얘기해 주기를 바랐다.

하지만 그 아이는 그러는 대신에 낮게 휘파람 소리를 냈다.

"이야, 너희 둘이 친한 줄은 알았어도 1미터도 못 떨어지는 사이인 줄은 미처 몰랐네."

녀석이 눈썹을 들썩이며 낄낄대자, 앞서가던 아이까지 뒤돌아보며 깝죽거렸다. 분노가 가슴속에서 단단히 매듭지어졌다. 잠깐이나마 누군가 나를 도와줄 거라 생각하다니! 참으로 헛된 바람이었다.

"입 닥쳐."

녀석은 또다시 킥킥댔다. 속에서 분이 치밀었다. 나는 칼자루로 녀석의 가슴을 철썩 치고는 나무로 냅다 밀쳤다. 녀석은 깜짝 놀라서 입을 다물지 못했다. 나는 마체테를 잡은 손에 힘을 주었다. 녀석이 조금이라도 움직인다면 칼날에 베일 터였다. 공포심에 사로잡힌 녀석의 동공이 동전만큼 커졌다.

나는 녀석에게 얼굴을 바싹 들이댔다.

"조롱은 이쯤에서 그만두시지?"

나지막하게 말하는 것이 크게 말하는 것보다 더 위협적으로 느껴질 때가 많다는 사실을 나는 익히 배워서 잘 알고 있었다.

"날 더는 건드리지 마라. 알았냐?"

녀석이 몸을 덜덜 떨면서 고개를 끄덕였다.

잠을 제대로 못 잔 탓에 정신이 이상해진 걸까? 놀랍게도 무사 사장이 하는 짓이랑 별반 다를 게 없었다. 나는 그런 생각을 떨쳐 버리려 고개를 세차게 저었다. 아니야, 나는 저들과 달라! 그제야 나는 뒤로 한 발 물러섰다.

앞쪽에서 이스마일 사장의 휘파람 소리가 들려왔다. 작업을 시작하라는 신호였다. 나는 스스로에게 골이 난 채 적당히 익은 열매를 찾아 주변을 두리번거렸다. 그러다가 잠시 잊고 있었던 살쾡이와 눈이 딱 마주쳤다.

그러자 울화가 치밀어서 도저히 참을 수가 없었다. 애써 화를 누그러뜨리려 땅바닥으로 시선을 떨구었다. 숨쉬기가 힘들었다. 아무한테나 소리를 냅다 지르고 싶었다. 지금 나는 살쾡이까지 돌볼 여유가 없다고, 세이두 하나만으로도 너무너무 벅차다고.

순간, 내 왼쪽 손목이 부드럽게 잡아당겨지는 느낌이 들어서 고개를 번쩍 쳐들었다. 살쾡이가 다정한 목소리로 말했다.

"자, 이제 일을 하자."

하지만 평소처럼 아무렇지도 않게 일하기가 쉽지 않았다. 하디자가 움직일 때마다 왼쪽 손목이 당겨지면서 내 마음속 외딴방으로 들어가 일에 몰두하기가 어려웠다.

수갑에 매달린 사슬이 길지 않은 탓에 우리는 같은 나무에 매달려서 일하거나, 아니면 바짝 붙어 있는 나무 두 그루를 찾아서 일해야 했다. 심지어 칼질을 할 때는 박자까지 맞춰야 했다. 그렇지 않으면 서로를 베거나 손목이 꺾이기 십상이었다.

하디자는 칼질이 엉성하고 느리기는 해도 세이두처럼 산만하지는 않아서 그런대로 작업에 열중했다. 그 덕분에 세이두와 함께 일할 때보다 자루가 훨씬 더 빠르게 채워졌다.

오늘따라 아이들은 뿔뿔이 흩어져 일을 하는지 거의 마주치지 않았다. 다른 아이들의 칼질 소리마저 들리지 않았다면, 이 세상에 하디자와 나만 남겨졌다고 해도 믿을 지경이었다.

작업한 지 세 시간쯤 지났을 때, 쇠사슬에서 다른 움직임이 느껴졌다. 옆을 돌아보니 하디자가 원피스 끝자락에다 손바닥을 닦고 있었다. 나는 짐짓 시큰둥한 목소리로 물었다.

"왜 그래?"

"물집이 생겼어."

"원래 수확철에는 물집을 달고 살아. 피스테르가 올 때쯤 되면 농장 주인들이 평소보다 더 오래 일을 시키거든. 다른 때는 열매 따는 거 말고 다른 일도 해야 해. 벌레가 안 달라붙게 나무에 농약도 뿌리고, 죽은 나무도 베어 내고, 새로 사 온 묘목도 심고, 땅도 반반하게 정리하고……. 그러다가도 피스테르가 올 땐 다른 거 안 하고 하루 종일 수확만 해."

"피스테르가 뭔데?"

"트럭을 몰고 와서 우리가 수확한 카카오 씨앗을 거둬 가는 사람들이야. 카카오 씨앗을 가져가는 대신 돈이랑 물건 따위를 가져오지. 원래 카카오는 일 년 내내 수확할 수 있지만 일 년에 두 번, 열매가 완전히 무르익는 시기가 있어. 그때 피스테르가 우르르 몰려오는 거야. 근데 발효와 건조까지 다 끝난 물건만 제 값을 쳐주기 때문에 농장 주인들은 초긴장 상태가 되지."

"내가 운이 좋네. 그 시기를 아주 딱 맞춰 왔어."

하디자가 실실 웃으며 농담을 던지자, 나도 덩달아 웃음보가 터지고 말았다.

"피스테르가 내일이나 모레쯤 올 거래. 그것만 지나가면 몇 달 간은 좀 편하게 지내게 되겠지……. 지금은 소매로 손을 감싸고 일을 해 봐. 그러면 좀 나아."

나는 손바닥과 손가락에 박인 굳은살을 보여 주었다.

"이렇게 굳은살이 단단히 박이고 나면 아무 감각이 없어."

하디자는 내가 시범 삼아 마체테를 쥐고 휘두르는 모습을 빤히 쳐다보았다.

이제 다른 곳으로 옮겨 가야 했다. 어두운 주황색이나 붉은 자주색 열매를 골라서 따야 하는데, 이 주변에 남은 것은 죄다 녹색이나 노란색 열매뿐이었다. 다른 쪽으로 가자고 말하려는 찰나, 하디자의 눈에 한가득 차오른 눈물이 보였다. 하디자는 손목으로 얼른 눈물을 훔쳤다.

"굳은살 박이는 거 싫어. 굳은살이 박일 때까지 여기 있기 싫다고……."

빨갛게 충혈되고 퉁퉁 부어오른 눈이건만, 눈빛만은 어느새 지난 이틀 동안 자취를 감추었던 맹렬한 기운을 되찾고 있었다.

"난 여기가 징글징글하게 싫어. 있기도 싫은 장소에서 하기 싫은 일을 배우는 것도 싫고. 손에 굳은살이 박이도록 여기에 오래 있는 건 생각조차 하고 싶지 않아."

나는 잠시 생각에 잠겨 있다가 천천히 입을 열었다.

"시카소의 버스 기사가 그랬어. 딱 한 철만 일하면 된다고. 이렇게 오래 있게 될 줄은 나도 미처 몰랐어. 나도 여기가 싫어. 하지만 빨리 적응할수록 너한테 좋아. 도망치다가 잡히면 어떻게 되는지 똑똑히 봤잖아."

그 말에 하디자가 몸을 움찔하면서 물었다.

"네가 도망쳤을 땐 어땠는데?"

순간, 마음속에 꾹꾹 눌러놓았던 기억들이 한꺼번에 솟구쳐 올라 나를 덮쳤다.

나는 오두막에서 도망친 뒤 세이두의 손을 꼭 잡고 어둠에 잠긴 숲속을 힘껏 달렸다. 우리 둘 다 물집이 생긴 지 얼마 안 된 터라 꽉 잡은 손이 자꾸만 미끄러졌다. 호루라기 소리가 요란하게 울리자, 심장이 거세게 쿵쾅거렸다. 얼마나 죽을 둥 살 둥 달렸는지 가슴이 터질 것만 같았다.

그때 갑자기 우리 주위의 나뭇가지에서 전기 횃불이 춤을 추었다. 곧이어 단단한 주먹들이 사정없이 날아왔다. 우리는 숨을 쉴 수도, 힘을 쓸 수도 없었다. 농장 주인들은 우리를 우악스럽게 붙잡아 농장 마당으로 끌고 갔다.

가장 끔찍한 상황은 그다음에 벌어졌다. 삼 형제는 나를 옆에 묶어 놓은 다음, 세이두를 자전거 체인으로 채찍질했다. 채찍을 휘두를 때마다 세이두더러 이 말을 따라 하라고 시켰다. 이건 다 우리 형 때문입니다. 이건 다 우리 형 때문입니다. 아직도 세이두의 등에 새겨진 십자 모양의 흉터를 볼 때면 내 머릿속에서 그 말이 메아리쳤다.

"어떻게 됐느냐니까?"

하디자가 기억 속에서 허우적대고 있던 나를 확 잡아당겼다.

"붙잡혔어. 그리고 다신 도망치지 않았고."

내 목소리는 다시 까칠해져 있었다.

"붙잡혀서 어떻게 됐느냐니까?"

하디자는 방어하듯 몸을 양손으로 감싸고는 자신이 당한 일을 떠올리는 듯 먼 곳을 응시했다.

나는 더 이상 그 얘기를 하고 싶지 않았다. 그 기억을 떠올리기만 해도 구역질이 날 것만 같았다.

"나한테는 손도 안 댔어."

나도 모르게 공허한 웃음이 입 밖으로 흘러나왔다.

하디자는 나를 물끄러미 쳐다보다가 천천히 입을 열었다.

"농장 주인들은 어떻게 하면 널 망가뜨릴 수 있는지 잘 알고 있었구나."

가혹한 말이지만 사실이었다. 하디자가 또다시 속삭였다.

"괜찮아. 너뿐만 아니라 누구라도 망가뜨리는 법을 훤히 알고 있는 사람들이니까."

내 팔에 닿은 하디자의 손에서 온기가 느껴졌다.

"그 말은, 너도 망가졌다는 뜻이니?"

하디자는 내 시선을 피하면서도 팔에서 손을 떼지는 않았다.

"나도 모르겠어."

마침내 하디자가 대답했다.

그들이 하디자를 무자비하게 짓밟은 날 밤이 머릿속에 떠오를 때마다 나는 울고 싶은 심정이 되었다. 뻔히 보면서도 말리지를 못했다. 이 미안한 마음을 하디자에게 어떻게 전할 수 있을까.

나는 어찌해야 할지를 모른 채 말없이 열매 자루를 어깨에 둘러멨다. 그 바람에 하디자의 손이 저절로 내게서 떨어져 나갔다.

"정오 휴식 전까지 자루를 다 채워야 해."

"아마두."

"왜?"

"오늘은 도망치지 않을 거야."

"뭐?"

"오늘 아침에 무사 사장이 너한테 하는 말을 들었어. 여기 있는 게 아무리 싫어도 세이두를 힘들게 만드는 짓은 절대로 하지 않을 거야."

순간, 마음 한구석이 꽉 죄어 왔다. 이번에는 죄책감이나 두려움, 분노의 감정이 아니었다.

우리가 정말 한편이 될 수 있을까? 비밀을 공유하고 서로를 걱정하는 가족이 될 수 있을까? 신뢰할 수 있는 사람이 생겼다는 게 얼마나 큰 의미인지 잘 알고 있었다. 뭐라도 말하고 싶었지만 입이 떨어지지 않았다. 대신에 나는 고개를 끄덕였다.

하디자도 아무 말 없이 고개를 끄덕거렸다.

마침내 하루를 마무리하고 농장 마당으로 돌아갈 시각이 되었다. 우리는 숲속 길을 줄지어 내려가는 무리의 중간쯤에 합류했다. 아이들은 하나같이 자루의 무게를 이기지 못하고 다리를 비틀거렸다. 그러고 보니 더는 수갑이 내 손목을 이리저리 잡아당기지 않았다. 하루를 꼬박 같이 보내면서, 우리는 서로의 걸음걸이에 맞추어 나란히 걷는 방법을 터득했다.

그때 어디선가 웬 동물의 울음소리가 들려왔다. 원숭이일까? 아니면 새? 별안간 내 옆에 있던 하디자의 몸이 뻣뻣하게 굳었다. 그 소리는 농장 마당에서 들려오고 있었다. 나는 심장이 덜컥 내려앉았다. 걸음이 절로 빨라졌다. 하디자는 아무 불평 없이 나와 속도를 맞추어 주었다.

농장 마당에 들어섰을 때는 무사 사장이 팔짱을 낀 채 서서 활활 타오르는 불길을 바라보고 있었다. 그 옆에 웅크리고 있는 자그마한 아이는 세이두가 틀림없었다. 아침까지만 해도 사경을 헤매고 있던 세이두가 몸을 일으켜 앉아 있었다! 나는 기쁨에 겨워 대뜸 소리쳤다.

"저기 봐! 세이두가 앉아 있어!"

하디자가 미간을 찌푸리며 말끝을 흐렸다.

"아마두……."

나는 하디자가 무슨 말을 하기도 전에 방향을 휙 틀어 간이 창고로 달려간 다음, 자루를 거의 팽개치다시피 하며 황급히 내려놓았다. 그러고는 다시 하디자를 이끌고 불가로 뛰어갔다.

"세이두!"

그러나 세이두는 아무 대답도 하지 않았다. 단단히 묶인 매듭 같은 자세로 몸을 배배 꼬고는 앞뒤로 그저 흔들리고 있을 뿐이었다. 얼른 달려가 힘껏 끌어안자, 세이두는 내게 쓰러지듯 기대어 울부짖었다. 나는 상처가 좀 나아졌는지 살펴보려고 세이두의 몸을 똑바로 폈다.

하디자가 세이두 앞에 무릎을 꿇었다.

"세상에, 세이두……. 너한테 무슨 짓을 한 거니?"

마지막 기회

나는 무사 사장을 향해 소리쳤다.

"세이두한테 대체 무슨 짓을 한 거예요?"

무사가 도끼눈을 뜨고 나를 쳐다보았다.

"필요한 일을 했을 뿐이야."

"사장님이……, 사장님이…….."

목구멍 어딘가에 말이 걸려서 밖으로 새어 나오지 않았다.

"그렇게 할 수밖에 없었어, 아마두. 상처가 심하게 곪았더라고. 하루도 더 지체할 시간이 없었어. 그대로 뒀다가는 송장이 되어서 집으로 돌아갔을 거다."

증오심이 온몸을 휘감고 활활 타올랐다. 죄책감은커녕 오히려 고마운 줄 알라는 듯한 저 뻔뻔스런 태도가 순식간에 내 배 속에 독기를 만들어 냈다.

"사장님이 세이두의 팔을 잘랐군요!"

결국 내 영혼을 갈기갈기 찢으며 그 말이 입 밖으로 터져 나왔다. 사장은 내가 분위기 파악도 못 한다는 듯 짜증스러운 눈길로 바라보았다.

"당연히 내가 잘랐지. 오늘 아침에 내가 다 알아서 할 거라는 말을 넌 뭐라고 알아들은 거냐?"

순간, 나는 이성을 잃고 말았다. 주먹을 불끈 쥐고 사장의 얼굴을 냅다 후려갈겼다. 사장은 언뜻 깜짝 놀라는 듯하더니, 코피가 줄줄 흐르는 코를 부여잡고 욕설을 퍼부으며 내게 주먹을 날렸다. 그러고는 나를 공구 창고로 끌고 가 바닥에 내동댕이치고는 문을 꽉 잠가 버렸다.

나는 고개를 앞으로 쭉 빼고 코피 때문에 숨이 막히지 않도록 호흡을 조절했다. 그리고 피가 멈출 때까지 피 섞인 침을 연거푸 뱉어 냈다. 피범벅이 된 얼굴을 손등으로 훔치려니 왼쪽 손목에서 쇠사슬이 덜그럭거렸다. 나는 그제야 하디자가 아직도 나와 묶여 있다는 사실을 떠올렸다.

우리 둘은 한참 동안 말없이 앉아 있었다. 수갑이 채워진 손을 사이에 두고서 창고 벽에 등을 기댄 채, 밖에서 들리는 저녁 식사 소리와 설거지 소리를 마치 딴세상에서 들리는 소음인 양 멍하니 들고 있었다. 아무도 우리에게 음식을 가져다주지 않았다. 딱히 기대하지도 않았지만.

어둠이 한층 깊어지자 하디자는 원피스에 난 구멍을 만지작거리며 눈으로 창고 안을 빠르게 훑었다. 그러는 바람에 원피스의 구멍이 점점 더 커졌다. 하디자의 관심을 다른 데로 돌려 보려고 내가 먼저 입을 열었다.

"오늘따라 다들 바쁜 모양이네. 시렁에서 씨앗을 거둬 자루에 담고 있나 봐. 내일 피스테르가 오는 모양이지."

하디자의 손이 갑자기 멈추었다.

"있지, 난 네가 무사 사장을 한 방 먹일 거라고는 상상도 하지 못했어."

나는 얼굴에 말라붙은 피딱지를 만지작거리다가 손톱으로 툭 떼어 내 버렸다. 나도 내가 사장을 한 방 먹일 줄은 몰랐다. 사장에게 대드는 건 자살 행위나 마찬가지니까. 어찌 보면 사장이 그 정도로 대응하고 그친 것이 되레 놀라울 지경이었다.

그때 오두막 문을 잠그는 소리가 들렸다. 곧이어 트럭 엔진 소리가 멀어져 갔다. 농장 주인들이 자기 집으로 돌아가는 모양이었다. 그러자 쇠사슬을 타고 전해지던 후끈한 긴장감이 덩달아서 떨어져 나갔다. 다행히 하디자는 제법 안정을 찾은 모양이었다.

반면에 나는 아까보다 더 초조해졌다. 혹시라도 세이두가 한밤중에 울기라도 한다면 누가 안아 줄까? 세이두 혼자서 오늘 밤을 무사히 넘길 수 있을까?

"세이두는 괜찮을 거야."

하디자가 뜬금없이 말했다.

"네가 어떻게 알아?"

"다들 세이두를 좋게 보는 것 같았어. 어리고 착해서."

하디자가 덧붙였다.

"어차피 오늘 밤엔 다른 애들이 도와줄 거라고 믿는 수밖에 없어. 달리 방법이 없잖아. 밤새 걱정하느라 잠을 제대로 못 자면 내일 세이두를 돌볼 수 없을 테고……."

문득 다정한 목소리로 사과하던 유수프가 떠올랐다. 그렇다고 마음이 놓이는 건 아니었다. 이제 알 것 같았다. 여기에서 산다는 것은 세이두를 천천히 죽이는 일에 지나지 않았다.

"내일 세이두를 데리고 농장에서 탈출해야겠어."

잠시 동안 정적이 흘렀다.

"이미 한 번 실패했다고 하지 않았어? 이번엔 뭐가 다른데?"

"몇 가지를 더 알게 되었지. 일단 더는 잃을 게 없다는 거. 그리고 세이두가 낫는다 해도 한쪽 팔로 얼마나 버틸지 알 수가 없어. 또 한 가지, 이 농장이 어떻게 돌아가는지 처음보다 많이 알고 있지."

내 목소리는 불안정하게 흔들렸지만, 하디자는 조용히 귀를 기울였다.

"게다가 지금은 날 도와줄 너도 있고."

솔직히 반은 농담이었다. 연약하디연약한 열세 살짜리 여자 애가 무슨 수로 나를 도와줄 수 있을까?

"나? 너, 미쳤구나. 한 명보다 세 명이 훨씬 더 잡히기 쉬워. 고맙지만 난 따로 갈래."

"야! 농담이거든? 나도 너같이 이기적인 애한테 도움 따위 기대하지 않아."

나는 실망감을 감추려고 도리어 쌀쌀맞게 퉁을 놓았다.

그러면서도 마음 한편에서는 아찔한 흥분이 서서히 자라나고 있었다. 마치 오랫동안 쓰지 않던 근육을 쫙 폈다가, 아직 쓸 만하다는 사실을 새삼스레 깨닫게 된 듯한 느낌이었다.

"어쨌든 이것부터 먼저 풀어야겠지?"

나는 수갑이 채워진 우리의 손목을 들어 보였다. 하디자도 맞장구를 쳤다.

"그럼 뭐 쓸 만한 게 있는지 뒤져 보자."

우리는 창고 바닥을 무릎으로 기어 다니며 어둠 속을 손으로 더듬거렸다.

"마체테."

내가 말했다.

"이건 밧줄."

하디자도 종알거렸다.

"상자."

"뭔가 금속으로 된 통이 있네?"

순간, 소름이 훅 끼쳤다.

"그건 만지지 마!"

"왜? 저게 뭔데?"

"독약."

농장에는 수확을 하는 대신 어린 나무를 돌보는 기간이 있다. 그맘때 일꾼들은 농약 분무기를 어깨에 지고 나가서 숲에 있는 나무에 농약을 뿌렸다. 농장에 처음 들어왔을 때 무사 사장은 나를 창고로 데려가 농약이 담긴 150리터짜리 드럼통을 보여 주며 말했다.

'이건 독약이다. 나무의 벌레지들을 죽이는 아주 특별한 농약이지. 그러니 절대로 마시면 안 돼. 음식에 들어가서도 안 돼. 불 옆에 놓아서도 안 돼. 저 약이 묻은 손으로 눈을 비벼서도 안 돼. 알아들었냐?'

그래서 숲에 도착하자마자 농약 분무기 두 개를 모두 내가 어깨에 멨다. 세이두는 근처에 얼씬도 하지 못하게 했다. 농약이 엷게 뿌려지면서 내 피부에 서서히 스며드는 동안, 나는 내내 죽을까 봐 두려움에 떨어야 했다.

"나무에 뿌리는 농약이야. 벌레를 죽이는 데 주로 쓰지만 사람한테도 안 좋으니까 손으로 만지지 마."

하디자가 드럼통에서 물러서는 기척이 느껴졌다.

"이리 와서 이 상자 좀 봐."

마체테를 지렛대 삼아 상자 뚜껑을 들어 올렸다. 그 안에는 갖가지 공구가 들어 있었다. 드라이버, 망치, 정원용 가위……. 나는 내 앞에 놓여 있는 어두운 형체를 보며 얼굴에 웃음꽃을 피웠다.

"이제 우리는 자유야."

하디자의 얼굴에도 미소가 스쳤다.

어둠 속에서 공구를 다루는 일은 결코 쉽지 않았다. 나는 내 왼손 수갑의 자물쇠 구멍을 벌리기 위해 하디자더러 드라이버를 꼭 붙들고 있으라고 말했다.

"움직이지 마."

오른손으로 커다란 망치를 들어 올리며 말했다.

"만약에 빗나가서 내 손에 맞으면 어떡해?"

"조심할게. 근데 만약 네가 드라이버를 놓치면 망치가 그대로 내 손목을 내리칠 거야. 그러면 난 죽을지도 몰라."

곧 사방에 정적이 흘렀다. 마침내 하디자가 말했다.

"알았어. 내가 맞는 일이 있어도 절대로 손을 빼지 않을게."

"고마워."

나는 망치로 드라이버 상단을 살살 두드리며 내리치는 연습을 했다. 몇 번인가 아슬아슬하게 빗나갔다. 제대로 내리칠 때까지 연습을 계속했다. 몇 분 후, 마침내 내 근육은 새로운 도구에 완전히 적응했다. 망치를 정확하게 내리치는 것은 마체테로 열매를 쪼개는 것과 크게 다르지 않았다.

"좋아. 이제 진짜 간다."

하디자가 드라이버를 단단히 잡는 게 느껴졌다. 나는 망치를 들어 올리면서 온 신경을 집중했다. 하지만 망치가 옆으로 약간 빗나갔다. 드라이버가 하디자의 손에서 튕겨 나가면서 내 다리를 긁고 바닥에 떨어졌다. 망치가 손가락까지 내려쳤는지, 하디자는 고통을 참지 못하고 팔딱팔딱 뛰었다. 그 순간, 탁 하는 소리와 함께 수갑이 떡 벌어졌다.

"괜찮아?"

"응."

하디자가 손가락 마디를 입으로 쪽쪽 빨며 대답했다.

"혹시 뼈가 부러진 건 아니고?"

"아냐, 손가락은 잘 움직여. 그냥 아플 뿐이야."

나는 안도의 숨을 내쉬었다. 그나마 고통은 우리가 다스릴 수 있는 것이었다.

"넌 다친 데 없어?"

수갑에서 손을 급하게 빼내느라 손목이 살짝 비틀리고 긁히긴 했지만 크게 다친 것은 아니었다.

"응, 괜찮아."

"다행이다. 그럼 이쪽도 해 보자."

하디자가 드라이버를 내게 내밀며 말했다. 나는 드라이버와 망치를 차례로 집어 들었다.

"수갑 반대편을 꽉 붙들어."

이번에는 왼손으로 드라이버를 잡고 있어서 손놀림이 한결 쉬웠다. 딱 두 번 내리치자 수갑이 스르르 풀렸다. 드디어 우리는 자유의 몸이 되었다.

"이제 어떡하지?"

하디자의 목소리가 한껏 들떠 있었다.

나는 하디자에게 드라이버를 건넸다.

"판자를 뜯어내자."

우리는 판자벽에 작은 구멍을 낸 뒤 밖으로 기어 나왔다. 벌써 초승달이 하늘 한복판을 지나간 뒤였다.

어스름이 깔린 마당의 풍경은 섬뜩했다. 공터 한가운데 나 있는 컴컴한 구멍이 낯설게 느껴져서 한참을 바라보았다. 화덕이었다. 오두막은 어찌나 고요한지, 그 안에 사내아이가 열두 명이나 들어 있다는 사실이 믿기지 않을 지경이었다.

나는 텅 빈 마당을 지나 오두막으로 살금살금 걸어갔다. 주변을 한 바퀴 돌다가 나무판자가 쪼개진 틈을 발견했다. 거기에 입술을 바짝 대고 속삭였다.

"세이두!"

순간, 세이두가 대답할 수 없는 상태라는 데 생각이 미쳤다.

나는 이름을 바꾸어 불렀다.

"유수프!"

얼마 후, 나무판자 저편에서 피곤에 전 목소리가 대답했다.

"아마두?"

"유수프! 응, 나야! 세이두는 어때? 괜찮아?"

잠시 침묵이 흘렀다.

"무슨 말이야? 너랑 같이 있는 거 아니었어?"

"뭐?"

또다시 침묵이 흘렀다.

"아마두, 세이두는 여기에 없어. 여기는 열두 명만 있어. 아까 내가 세어 봤거든."

순간적으로 유수프에게서 동질감이 느껴졌다. 다른 사람들도 숫자를 세고 있으리라고는 짐작도 하지 못했다.

"사장님이 데려간 모양인데……. 아마두, 넌 공구 창고로 돌아가. 안 그러면 너나 세이두나 진짜로 큰일 나. 세이두가 어디에 있는지는 내가 내일 알아볼게, 응?"

"고맙다, 유수프."

나는 오두막에서 천천히 물러섰다. 마치 영혼을 마체테로 조각조각 난도질당한 느낌이었다. 세이두가 죽었으면 어떡하지? 하디자와 내가 탈출할 궁리를 하는 동안, 삼 형제가 어딘가에 땅을 파고 세이두를 묻어 버렸으면?

그때 내 팔꿈치에 손이 와 닿았다. 나는 깜짝 놀라 제자리에서 펄쩍 뛰었다.

"무슨 일이야?"

하디자였다.

"세이두가 여기 없어."

하디자도 나만큼 깜짝 놀란 표정이었다.

"그럼 어디에 있대?"

나는 고개를 저었다.

"나도 모르겠어. 찾아봐야지."

창고와 오두막을 빼면 지붕이 붙어 있는 건물은 농장 주인의 집뿐이었다. 나는 언덕 너머에 있는 주인집으로 가려고 인적이 드문 흙길을 따라 무작정 걸어갔다.

그러다가 문득 하디자가 옆에 없다는 사실을 깨달았다. 서둘러 주위를 둘러보았다. 하디자는 아까 그 자리에 그대로 멈춰 서 있었다.

어쩌면 이제부터 나는 완전히 혼자가 될지도 모른다. 순간, 차디찬 공포의 손길이 내 척추를 훑고 지나갔다.

"하디자……?"

하디자가 내 쪽으로 고개를 돌렸다.

"난 지금 떠날 수 있어."

이번에는 얼음장같이 차가운 손이 내 심장을 쥐어짰다.

"그래, 넌 떠날 수 있어."

나는 순순히 인정했다.

하디자는 언덕 위를 멍하니 바라보더니 내게로 천천히 걸어왔다.

"정말로 탈출하고 싶다면 주인집에 제 발로 걸어 들어가선 안돼. 하지만……."

하디자는 휴, 하고 길게 한숨을 내쉰 다음 말을 이었다.

"세이두가 다친 날, 네가 옆에 없었던 이유는 내가 도망갔기 때문이야. 얼마 전에 네가 나한테 그랬지? 이기적이라고. 그 말이 맞아. 나는 그날로 다시 돌아간다 해도 똑같이 도망칠 테니까. 그래도 지금은 너하고 함께 갈게. 내가 세이두에게 빚진 게 있으니까."

하디자는 숨을 길게 내쉬더니 나를 훅 밀치고 지나갔다. 허리를 꼿꼿이 편 채 흐릿한 달빛 저편으로 유유히 걸어가는 하디자의 뒷모습이 그지없이 고마웠다. 나는 조용히 그 뒤를 따랐다.

한참을 걸어가자 나무 종류가 달라졌다. 농장 근처에는 카카오 나무가 대부분인데, 이곳에는 신기하게도 과일나무가 서 있었다. 파파야, 망고, 코코넛……. 농장 주인들은 저토록 많은 과일을 자기들끼리만 먹는 걸까.

얼마쯤 걸었을까. 드디어 길 끄트머리에 주인집이 나타났다.

흐릿한 달빛 아래 직사각형 모양의 집이 우뚝 서 있었다. 단단한 양철 지붕을 올린 그 집은 대가족이 살아도 충분할 만큼 크고 넓었다.

밤마다 오두막에선 얼마나 많은 아이가 등을 맞댄 채 바글거리며 지내 왔던가. 갑자기 울화가 훅 치밀었다. 당장이라도 저 집으로 달려 들어가 양철 지붕을 죄다 뜯어내 버리고 싶었다.

우리는 집의 측면으로 살금살금 기어갔다. 우선 집 주위부터 살피자는 뜻을 담아 하디자에게 손짓을 했다. 하디자는 이내 고개를 끄덕였다.

채소밭, 작은 발전기, 변소로 추정되는 구덩이를 빼면 집의 외부에는 이렇다 할 만한 게 없었다. 세이두가 있을 만한 장소도 딱히 보이지 않았다. 나는 금세 좌절감에 휩싸였다.

"이제 어떡해?"

"창문으로 집 안을 살펴봐야겠어."

집 주변을 한 바퀴 더 돌다가 철창을 발견하고 안쪽으로 얼굴을 들이밀었다. 언뜻 보아 거실인 듯했다. 한쪽 구석에 프로판 가스통과 작은 난로, 그리고 탁자가 있었다. 나무 상자 위에 텔레비전이 올려져 있고, 그 옆에는 자동차 배터리가 놓여 있었다. 천장에 전구가 매달려 있는 걸 보니 발전기를 사용해서 불을 켜는 모양이었다.

"와, 진짜 거지가 따로 없네."

하디자가 속닥거렸다. 나는 깜짝 놀라 눈썹을 추켜세우고 하디자를 돌아보았다. 하디자는 팔짱을 끼고 어깨를 으쓱하며 말을 이었다.

"거지 같잖아! 가구도 없지, 방에 문짝도 안 달려 있지, 창문에 유리도 안 끼워져 있지. 게다가 텔레비전을 보려고 자동차 배터리를 가져다 쓰지를 않나! 농장 주인쯤 되면 더 좋은 데서 살 줄 알았더니……."

방에 문짝이 달려? 창문에 유리를 끼워? 대체 더 좋은 집이란 어떤 것일까? 하디자네 집은 상상을 초월할 만큼 잘사는 모양이었다. 아니면 엄마가 부잣집에서 가정부로 얹혀살고 있는 건지도 몰랐다.

"자, 더 가 보자."

몇 걸음 더 걸어가자 침실 창문이 차례로 나왔다. 침실 두 개는 거의 똑같았다. 움푹 꺼진 쥐색 매트리스가 바닥에 놓여 있고, 그 위에 이스마일 사장과 살리프 사장이 대자로 뻗은 채 잠들어 있었다. 이제 남아 있는 창문은 하나뿐이었다. 아마도 무사 사장의 침실일 테지. 창문턱 위로 천천히 얼굴을 들어 올리는데 심장이 마구 방망이질을 쳤다.

무사 사장의 침실도 앞의 두 침실과 별다를 바는 없었다. 하지만 이 방에는 내 동생 세이두가 있었다. 무사 사장은 문가에 담요를 깐 채 쿨쿨 자고 있었다.

하디자가 내 팔을 당기더니 집에서 멀리 떨어진 곳으로 잡아 끌었다. 나는 묵묵히 하디자를 따라갔다. 마당을 벗어나 숲 가장자리에 다다르자, 그동안 참았던 숨이 거칠게 쏟아져 나왔다.

"이제 어쩌면 좋을까?"

"저기 들어가서 세이두를 데리고 나올게."

하디자의 눈이 동그래졌다.

"너, 지금 제정신이야? 무사 사장이 바로 옆에서 자고 있잖아!"

저 조그마한 방에는 숨을 곳도, 도망칠 곳도 없었다. 세이두의 몸 상태까지 고려해 볼 때, 아무 소동 없이 무사히 빠져나올 가능성은 매우 적었다.

"어쩌면…… 무사 사장이 깨지 않을 수도 있잖아."

"그 어쩌면에 네 인생을 걸게?"

나는 창문을 한참 동안 응시했다. 이렇게 가까이에 있으면서도 세이두를 데리고 나올 수 없다는 사실이 절망스러워서 견딜 수가 없었다. 절망이 마지막 남은 기력까지 모두 빼앗아 가자 난데없이 하품이 새어 나왔다.

"그럼 뭐, 좋은 생각이라도 있어?"

마지막으로 잠을 잔 게 언제였던가? 스물네 시간 전? 아니, 그보다 더 오래전? 바닥에 제대로 누워서 잠을 자 본 때는 아예 기억도 나지 않았다.

하디자는 덩달아 하품을 하며 중얼거렸다.

"내일까지 기다려 보면 세이두를 구할 방법이 떠오를지도 몰라. 그사이에 잠을 좀 자 두는 것도 도움이 될 테고."

그러더니 나를 사납게 쏘아보며 덧붙였다.

"하지만 무슨 일이 있어도 창고로는 다시 안 들어갈 거야."

나는 아랫입술을 잘근잘근 씹으며 생각에 잠겼다. 내일은 또 어떤 상황이 벌어질지 알 수가 없었다. 이런 기회가 다시는 찾아오지 않을 것이다.

"저 안에 들어갈 생각이구나?"

하디자가 내 생각을 읽고 물었다. 나는 고개를 끄덕였다. 하디자는 못 말린다는 듯 느릿느릿 고개를 저었다.

"좋아, 가자."

"어디를?"

"같이 들어가자고."

나는 손으로 뺨을 몇 번 내려쳐 졸음을 몰아냈다. 그러고는 살금살금 마당을 가로질러 집 앞으로 갔다. 문이 달려 있지 않다는 사실이 엄청나게 고마웠다. 그러면서도 우리가 생활하는 오두막에는 자물쇠까지 채워 두고 있다는 사실이 떠올라 속에서 울분이 차올랐다.

우리는 조심조심 거실로 들어갔다. 하디자는 난로 옆 탁자로 곧장 가더니, 그 위에 놓인 잡동사니들을 만지작거렸다. 나는 잽싸게 뒤따라가 하디자의 손을 붙잡았다.

"쉿!"

하디자는 내게서 손을 비틀어 빼더니 탁자 위를 가리켰다. 탁자 위에는 약병이 든 작은 상자와 붕대가 굴러다니고 있었다. 세이두를 생각해 붕대를 챙기려 했던 모양이었다.

나는 하디자를 혼자 두고 까치발로 무사 사장의 방으로 갔다. 어두컴컴한 문가에 무사 사장의 등이 가로놓여 있었다. 창문 아래 놓인 매트리스 위에 세이두가 고요히 잠들어 있었다. 내가 지금 잘하고 있는 걸까?

그때 옆방에서 달그락거리는 소리가 들려왔다. 저 멍청이는 대체 뭘 하는 거야? 도둑질이라도 하러 온 거야? 무사 사장의 호흡이 얕아지며 불규칙해졌다. 하디자가 내는 소음이 서서히 그를 깨우고 있었다. 더는 지체할 시간이 없었다.

나는 온 정신을 집중한 뒤 발을 최대한 높이 들어 올려 무사 사장을 간신히 넘어섰다. 숨을 꾹 참은 채 세이두 쪽으로 아주 천천히 걸어갔다. 발을 뗄 때는 똑바로 들어 올리고, 내릴 때는 발가락부터 디뎠다. 금세라도 무사 사장이 눈을 번쩍 뜰 것만 같았다.

드디어 세이두에게 닿을락 말락 할 정도로 가까이 다가갔다. 그때 하디자가 또다시 달그락거리는 소리를 냈다. 여기에서 나가면 쟤부터 가만 안 둘 거야.

마침내 매트리스 끄트머리에 다다랐다. 세이두가 내 발 앞에 누워 있었다. 나는 세이두의 얼굴을 살며시 어루만졌다. 산 듯 죽은 듯한 것이, 꼭 강바닥의 진흙을 만지는 느낌이었다.

밤이라 기온이 선선한데도 나는 땀을 뻘뻘 흘렸다. 세이두 옆에 쭈그리고 앉은 뒤 세이두의 몸과 매트리스 사이로 양팔을 천천히 밀어 넣었다. 세이두의 몸은 여전히 뜨거웠지만 다행히 예전만큼은 아니었다.

이윽고 세이두를 매트리스에서 천천히 들어 올렸다. 만만치 않은 무게 때문에 내 등에 난 상처가 고통으로 울부짖었다. 세이두를 안고 몸을 돌리는 순간, 문을 막고 서 있는 형체가 어렴풋이 보였다. 목덜미에 털이 뻣뻣하게 곤두섰다.

그런데 자세히 보니 잔뜩 겁에 질린 채 아랫입술을 꽉 깨물고 서 있는 하디자였다. 나는 한 걸음 한 걸음 조심스럽게 문가로 걸어갔다. 깊은 숨을 내쉬며 자고 있는 무사 사장을 아슬아슬하게 넘어섰다.

하디자는 곧장 몸을 돌려 현관으로 향했다. 나는 그 뒤를 바짝 쫓아갔다. 그리고 드디어 밖으로 나왔다! 가슴이 활짝 열리며 발걸음이 한결 가벼워졌다.

"세이두는 괜찮아?"

하디자가 나지막이 물었다.

"모르겠어. 얘 자세 바꾸는 것 좀 도와줄래?"

"그래, 먼저 이것 좀 잘 챙겨 놓고……."

"이게 다 뭐야?"

하디자가 내 호주머니에 물건을 잔뜩 찔러 넣는 동안, 나는 몸을 뒤로 한껏 젖힌 채 가까스로 버티고 서 있었다.

"물병이랑 약상자, 그리고 돈."

툭 튀어나온 호주머니가 묵직했다.

"자, 이제 뭘 하면 돼?"

"다친 팔을 들고 얘 머리를 내 어깨에 기대게 해 줘……. 응, 그렇게……. 그리고……."

그때 갑자기 하디자의 눈이 휘둥그레졌다. 고개를 돌려 보니, 사각 액자같이 어두컴컴한 현관 문틀에 무사 사장이 서 있었다.

사장은 고함을 지르며 우리에게 달려왔다. 열두 걸음도 못 가서 내가 먼저 붙잡혔다. 갑자기 깨어난 세이두가 내 품에서 비명을 지르며 발버둥을 쳤다. 사장은 팔뚝을 으스러뜨리듯 움켜쥐더니 내 얼굴을 사정없이 갈겨 댔다. 온 세상이 빙글빙글 돌았다.

도망치는 것은 미친 짓이었다. 희망을 품는 것도 미친 짓이었다. 세이두에게 끔찍한 인생을 선물하는 것은 피할 수 없는 내 운명이었다.

이번엔 아마도 날 죽이려 들겠지. 죽기 전에 고향 집에 한 번만, 딱 한 번만 가 보고 싶다. 그게 어렵다면 적어도 내가 무슨 일을 겪었는지 내가 사랑하는 사람들에게 알리고 싶다. 그런 생각을 하면서 내 마음속 외딴 방으로 악착같이 기어 들어갔다. 최악의 상황을 기다리기 위해……

바로 그때, 갑자기 무사 사장이 휘청거렸다. 이어서 사장의 목을 조르는 작은 팔이 보였다. 내 마음속 외딴 방은 사장의 비명으로 한순간에 폭발해 버렸다. 하디자가 온 힘을 끌어모아 사장의 다리를 걸어차더니 날카롭게 외쳤다.

"도망가!"

나는 무작정 달렸다. 죽은 나뭇잎을 밟고 달리는 내 발소리가 숲을 가득 메웠다. 호주머니 속 물병이 쉬지 않고 다리를 채찍질했다. 숨이 턱까지 차오른 순간, 그만 땅으로 고꾸라지고 말았다. 몇 분이나 지났을까. 가까스로 호흡을 가다듬고 나서야 우리를 쫓아오는 사람이 없다는 사실을 깨달았다.

세이두는 자기 팔을 움켜쥐고 흐느껴 울었다. 나는 땅에서 일어나 세이두의 등을 살살 어루만졌다.

"괜찮아?"

세이두는 구슬프게 울며 도리질을 할 뿐 대답은 하지 않았다. 그래도 괜찮다. 지금은 도망치는 데 집중하자.

물병에 있던 물을 세이두와 나누어 마시고 3분의 1 정도만 남겼다. 그런 다음 세이두를 안고서 다시 달렸다. 여기에서 세이두를 내보내야 해. 중요한 건 그것뿐이야.

그러다 500미터를 못 가서 우뚝 멈춰 섰다. 세이두를 나무에 기대어 놓고 잠시 생각에 잠겼다. 하디자는 무사할까? 그렇겠지. 부축할 사람이 있는 것도 아니고 발도 꽤 빠른 편인데.

나는 주먹을 쥐고 세차게 나무를 내려쳤다.

"걔한테 무슨 일이 생겼는지 확인한답시고 되돌아갈 수는 없어! 그건 자살 행위라고!"

나무는 아무 대꾸도 하지 않았다.

내가 무사 사장에게 붙잡혔을 때 하디자는 도망갈 수 있었어. 하지만 나한테 도망갈 기회를 줬지. 잘 생각해 봐……. 정말로 이기적인 건 누구지?

나무 위로 보랏빛 하늘을 가로지르는 오렌지색 줄무늬가 돋아나고 있었다. 아침이 오고 있었다.

"세이두……."

나는 세이두의 정수리에 뺨을 갖다 대었다. 뜨거웠다. 너무도 뜨거웠다. 농장에서 멀어질수록 더 뜨거워지는 것 같았다.

"세이두, 정말 미안해. 다시 돌아가자."

농장에서 그리 멀지 않은 언덕으로 간 뒤, 세이두를 나무에 기대어 놓고 낙엽으로 몸을 덮어 주었다. 그러고는 농장 마당을 살펴보려고 나무 위로 올라갔다. 아침 바람 때문인지 팔다리에 소름이 오소소 돋았다.

지금쯤이면 여기에서 아주 멀리 가 있어야 하는데, 다시 예전의 생활로 돌아가는 길목에 이렇듯 바보스럽게 서 있지 말아야 하는데, 잡힐 줄 뻔히 알면서도 어수룩하게 서성거리면 안 되는데……

오늘따라 마당은 활기가 넘쳤다. 피스테르가 도착했기 때문이다. 농장 주인 삼 형제와 아이들은 피스테르의 트럭에 카카오 자루를 옮겨 싣고 있었다. 카카오 자루는 트럭의 짐칸을 가득 메웠다. 어찌나 높이 쌓아 올렸는지, 운전석 뒤창으로는 밖을 내다볼 수조차 없을 정도였다.

하디자는 그 어디에도 보이지 않았다. 그렇다면 하디자가 멀리 도망갔다는 뜻일까?

그때 나무 밑에서 세이두가 몸을 꼼지락댔다. 나는 미끄러지듯 나무를 타고 내려가 세이두의 얼굴에 손을 대어 보았다. 열이 떨어질 기미가 보이지 않았다.

"형?"

세이두가 간신히 입을 열었다.

"안녕, 우리 귀뚜라미."

나는 억지로 크게 미소를 지으며 말했다.

"여기는 어디야……?"

"우린 도망쳐 나왔어. 이제 집에 갈 거야."

나는 세이두의 머리를 쓰다듬으며 속삭였다.

"집이라고……?"

그 목소리에서는 아무런 감동도 기대도 느껴지지 않았다.

"물 좀 마셔 봐."

호주머니에서 물병을 꺼내 세이두의 입으로 가져갔다. 세이두는 사레가 들려 캑캑거리며 몸을 뒤틀었다.

"쉿!"

나는 세이두의 등을 다급하게 문질러 댔다. 세이두가 울부짖기 시작했다.

"쉿! 조용히 해!"

"아픈데 어떡해? 아프다고! 안 아프게 해 줘, 형!"

세이두는 붕대에 감긴 뭉툭한 팔꿈치를 다른 손으로 움켜잡은 채 통곡을 했다.

"나도 할 줄 몰라. 정말 미안해."

나는 그 말밖에 할 수가 없었다. 세이두가 내 어깨에 기대 흐느껴 울도록 가만히 끌어안아 주었다. 그렇게 시간이 얼마나 흘렀는지 모르겠다. 나는 숫자를 잊고 있었다. 그 순간 중요한 것은 단 한 가지뿐이었으므로. 그것은 셀 수 없는 것이었다.

영원처럼 느껴지는 시간이 흐른 뒤, 세이두의 흐느낌이 점차 잦아들었다. 세이두가 느릿느릿하게 말했다.

"아직도 느낌이 있어."

"그게 무슨 말이야?"

"아직도 여기에 팔이 붙어 있는 것처럼 자꾸 아파."

나는 어찌할 바를 몰라 그냥 아무 얘기나 주절거렸다.

"이제 좋아질 거야. 네 팔은 상처가 곪아서 아팠던 거야. 사장님 말로는 잘라 낼 수밖에 없었대."

세이두는 눈을 깜빡거리더니 다시 시름시름 앓기 시작했다. 나는 마음이 급해졌다.

"그때 너무 열받아서 사장님 얼굴에 주먹을 날렸지 뭐야."

세이두의 눈빛이 희미하게나마 반짝거렸다.

"그래서 하디자랑 같이 공구 창고에서 도망친 뒤 널 구해 온 거야."

세이두가 주위를 둘러보았다.

"하디자라고……?"

"하디자는 아까 사장님한테 붙잡혔어. 이제부터 하디자를 찾아서 같이 도망칠 거야. 알겠지?"

나는 움찔 놀랐다. 하디자가 잘 도망쳤는지 확인만 하러 온 게 아니었나? 나도 모르게 진짜 속마음이 튀어나와 버렸다.

"근데 우리가 왜 하디자를 신경 써야 돼? 이게 다 개 때문이잖아!"

세이두가 눈에 눈물을 한가득 담고서 뭉툭한 팔꿈치를 내 눈앞에 들이댔다.

"하디자가 너를 속인 건 맞아. 하지만 네가 많이 아팠을 때 온종일 널 돌봐 준 아이도 개야. 나는 일을 하러 가야 했거든. 그때 하디자도 엄청 힘들었을 텐데⋯⋯."

나는 하디자가 삼 형제에게 어떤 일을 당했는지 일부러 얘기하지 않았다.

"결국 널 구하겠다고 나랑 같이 주인집까지 들어갔어. 그러고는 우리를 도망가게 하려고 사장님한테 달려들었고."

세이두는 잠시 생각에 빠져들었다.

"다른 애들은? 걔들도 도망치게 도와줄 거지?"

나는 세이두의 정수리를 말없이 응시했다. 그런 생각은 꿈에도 해 본 적이 없었다. 그렇게 많은 아이들을 무슨 수로 여기서 내보낸단 말인가? 게다가 한꺼번에 도망을 친다면 주인들은 열일 제쳐 두고 쫓아올 게 뻔했다.

나는 세이두의 귓가에 대고 나지막한 목소리로 말했다.

"아니, 그건 안 돼."

웬일인지 세이두가 씩씩거리며 나를 째려보았다. 이건 전혀 생각지 못한 반응이었다. 우리는 다른 아이들과 가깝게 지낸 적도 없었으니까.

나는 다시 마당을 살펴보려고 나무 위로 올라갔다. 무사 사장과 피스테르가 오두막 앞에서 악수를 하고 있었다. 체격이 우람한 피스테르가 사장에게 두툼한 돈뭉치를 건네었다. 사장은 활짝 웃으며 느긋하고 만족스러운 표정을 지었다.

순간, 내 시선이 공구 창고에 꽂혔다. 지난밤에 우리가 뜯어낸 나무판자가 원래대로 붙어 있었다. 굳게 닫힌 문 밖에 공구 상자가 놓여 있었다. 그 이유는 단 하나뿐일 터였다.

나는 울화통을 터뜨리며 나무에서 급히 내려갔다.

"하디자가 공구 창고에 갇혀 있어."

입안에 쌉쌀한 맛이 퍼졌다. 사장이 지금은 허허 웃고 있지만, 잠시 후 하디자에게 무슨 짓을 할지 너무나도 뻔했다.

"이제 어떡하게?"

세이두가 물었다. 녀석은 나한테 잔뜩 뿔이 났으면서도 내가 이 상황을 바로잡아 주기를 기대하고 있었다.

"하디자를 구출해야 해."

나는 세이두를 데리고 언덕을 내려와 공구 창고 뒤 덤불에 숨었다.

"지금부터는 진짜 조용히 있어야 해. 아까처럼 울면 안 돼. 그랬다간 잡히고 말 거야. 알아들어?"

내가 세이두의 귀에 대고 속삭였다. 세이두의 눈빛이 두려움으로 물들었다. 마음이 한없이 무거웠지만 어쩔 수가 없었다.

"하디자를 빼내 올 동안 잠시 혼자 있어도 괜찮겠지?"

세이두는 탐탁지 않다는 듯 얼굴을 찡그렸지만 이내 고개를 끄덕였다.

나는 마당을 둘러보며 생각을 정리했다. 당장 공구 창고로 쳐들어가기에는 사방에 눈이 너무 많았다. 농장 주인들은 일하러

나가는 시간을 빼면 계속 이 공터에 머물렀다. 잠을 자러 집으로 돌아가기 전까지는 죽……

집이라……. 퍼뜩 떠오른 생각에 발걸음이 절로 움직였다. 어느새 나는 소리 없는 그림자처럼 그곳으로 가고 있었다. 바로 삼형제의 집이었다.

정신을 차렸을 때는 이미 그 집 안에 들어서 있었다. 내가 하고 있는 짓이 나 자신도 믿기지 않았다. 방에 있던 매트리스를 모조리 거실로 끌고 나왔다. 그리고 성냥에 불을 붙여 그 위에 놓았다. 매트리스의 섬유가 검게 그을리면서 끔찍한 냄새가 온 집 안에 진동했다. 오렌지색 불길이 매트리스를 날름날름 핥아 먹었다. 주변을 둘러보다 세이두에게 입힐 티셔츠를 하나 건졌다. 티셔츠를 허리띠에 쑤셔 넣고 성냥갑은 호주머니에 집어넣었다. 그러고는 후다닥 뛰어서 현관을 지나 숲으로 달음질쳤다.

공구 창고 뒤편의 숲으로 되돌아왔을 때는 높이 솟아오르는 검은 연기 기둥이 마당에 있던 사람들의 시선을 온통 사로잡고 있었다. 삼 형제는 아이들을 오두막으로 몰아넣고 피스테르와 함께 연기가 나는 방향으로 허겁지겁 뛰어갔다. 이제부터는 시간 싸움이었다.

"곧 돌아올게. 꼼짝 말고 있어."

공구 상자를 챙겨서 공구 창고로 달려갔다. 마치 몇 킬로미터라도 뛴 것처럼 심장이 마구 방망이질을 쳤다. 지난밤처럼 망치로 나무판자의 못을 뽑아내고 창고에 작은 구멍을 냈다.

"하디자?"

구멍으로 들여다보니, 하디자는 빛 웅덩이 저편에 쥐 죽은 듯이 누워 있었다. 나는 공구 상자를 들고 창고 안으로 기어 들어갔다. 하디자의 얼굴은 또다시 피투성이가 된 채 퉁퉁 부어 있었다. 팔다리를 묶은 밧줄이 눈에 띄었다. 밧줄을 푸는 내 손길에 닿은 하디자의 몸이 조금씩 경직되어 가는 게 느껴졌다.

"하디자, 괜찮아. 나야, 아마두."

"아마두? 돌아온 거야?"

밧줄을 모두 풀고 나서, 우선 하디자를 안심시키려고 손을 꼭 잡아 주었다.

창고를 나서기 전, 지난 이 년 동안 일상을 함께했던 도구를 찬찬히 살펴보았다. 마체테, 밧줄, 기름, 독약, 기계에 감는 쇠사슬, 그리고 사람에게 감는 쇠사슬…… 짭짤하고 비릿한 피 맛이 느껴지고 나서야 내가 입술을 깨물고 있다는 사실을 깨달았다. 그러다 발걸음을 우뚝 멈추었다. 농약통에 불꽃 그림이 그려진 딱지가 팔락였다.

"먼저 가."

나는 하디자의 등을 살짝 떠밀어 구멍 밖으로 내보내고 다시 공구 상자를 열었다. 드라이버를 꺼내 들고 마체테 하나를 챙겨 커다란 금속 드럼통 앞으로 갔다. 불꽃 그림 한가운데 드라이버를 대고 칼자루로 내리쳤다. 드럼통에 구멍이 나면서 액체가 새어 나와 작은 연못을 만들었다. 내친김에 기름통도 가져다 그 위에 들이부었다. 지독한 냄새가 창고를 가득 채웠다.

나는 기침을 콜록거리며 마체테를 움켜쥐고 구멍 밖으로 기어 나왔다. 그러고는 떨리는 손으로 호주머니에서 성냥을 꺼냈다.

성냥개비의 작고 불그스름한 머리에 쉭, 하는 소리와 함께 불이 붙었다. 사장의 집에서 가져온 티셔츠의 소맷단을 찢어 성냥불을 붙인 후 구멍 안쪽으로 휙 던져 넣었다. 그 작은 불덩이는 내가 만든 웅덩이 위로 철썩하고 떨어졌다.

순간, 쉬익 하는 소리가 들리더니 드럼통 주위가 불길에 휩싸였다. 불길은 놀라울 정도로 빠르게 활활 타올랐다. 검은 연기가 판자벽 사이로 스멀스멀 새어 나왔다.

내 뒤로 따라붙는 열기가 숲 가장자리로 발걸음을 재촉했다. 그곳에서 하디자는 입을 쩍 벌린 채 나를 지켜보고 있었다. 나는 하디자의 팔꿈치를 잡고 세이두가 있는 곳으로 데려갔다. 그러나 세이두는 그곳에 없었다. 곧장 공포가 나를 덮쳤다.

"세이두! 세이두!"

아무리 이름을 부르고, 또 주위를 둘러보아도 대답이 없었다.

"너도 좀 찾아봐!"

나는 다급한 나머지, 하디자에게 소리를 꽥 질렀다. 하디자는 차분한 목소리로 답했다.

"방금 찾았어."

"어디?"

하디자는 손가락을 들어 마당을 가리켰다. 내 입에서 절로 욕이 튀어나왔다. 내가 그토록 신신당부했건만 녀석은 조용히 있지도, 조심하고 있지도 않았다. 그 대신 누구나 볼 수 있는 마당 한가운데에 떡하니 버티고 서서, 한 팔로 삽을 들고 오두막 문을 열려고 안간힘을 쓰고 있었다.

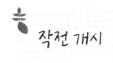

작전 개시

"젠장!"

나는 하디자의 손을 잡고 세이두에게로 헐레벌떡 뛰어갔다. 삼 형제가 연기를 보고 곧장 달려올 터였다. 시간이 흐를수록 탈출할 가능성은 점점 더 줄어들었다. 계획이 완전히 망가져 버렸다. 처음부터 다시 시작할 수 있다면 얼마나 좋을까?

"야! 너, 여기서 뭐 하는 거야?"

세이두가 눈물이 그렁그렁한 눈으로 나를 바라보더니 가쁜 숨을 몰아쉬며 울음을 터뜨렸다.

"형이 그랬잖아……. 안 된다고……. 못 구한다고……."

세이두가 가냘픈 한쪽 팔로 삽을 들고 오두막 문에 걸린 자물쇠를 내리쳤다. 삽은 문을 긁고 안쓰러이 미끄러졌다. 세이두는 어깨 위로 삽을 들어 올리는 것조차 버거워 보였다.

"다른 애들을 놔두고 갈 수는 없어. 형, 그러면 안 돼!"

정신 좀 차리라고 따귀라도 한 대 쳐 주고 싶었다. 그러나 세이두의 표정에서 반항심이 보였기에 오히려 내 마음을 고쳐먹었다. 녀석을 오두막 문에서 물러나게 하는 가장 빠른 방법은 원하는 대로 해 주는 것뿐이었다.

나는 마체테를 내려놓고 세이두에게서 삽을 빼앗아 들었다. 세이두는 내가 자기를 끌고 갈 거라 생각했는지 통곡을 하기 시작했다. 하디자가 세이두의 어깨를 감싸 안고 뒤로 물러섰다.

나는 녹슨 자물쇠를 노려보았다. 그러고는 수많은 밤을 지새우게 했던 분노와 좌절, 두려움을 모두 담아……, 삽날로 자물쇠를 힘껏 내리쳤다. 나무판자가 산산조각이 나면서 자물쇠를 고정하고 있던 나사가 사방으로 튕겨 나갔다.

이윽고 자물쇠가 바닥으로 나동그라지면서 문이 열렸다. 어안이 벙벙해진 아이들은 일제히 내 뒤로 뭉게뭉게 피어오르는 연기를 바라보았다. 어느덧 공구 창고는 거대한 장작 더미처럼 활활 타오르고 있었다.

유수프가 두꺼운 눈썹을 추켜올리며 한 발 앞으로 나왔다. 내가 말했다.

"어서 도망가."

나는 삽을 버리고 마체테를 챙긴 후, 한 팔로 세이두를 끌어안 았다. 한 손으로 하디자의 손을 잡고 서둘러 마당을 빠져나왔다.

숲의 입구에 다다라 뒤를 돌아보니, 마당은 그야말로 아비규 환이었다. 숲으로 뿔뿔이 흩어져 도망치는 아이들이 있는가 하 면, 오두막 문 앞에 망연자실 주저앉아 있는 아이들도 있었다. 자물쇠가 없으니 길을 잃은 모양이었다. 유수프는 공터 한가운 데에 서서 아이들 몇 명에게 필요한 물건을 챙기도록 지시하고 있었다. 나와 시선이 마주치자 유수프가 고개를 끄덕였다.

'고마워.'

마치 그렇게 말하는 듯했다.

순간, 나도 모르게 볼이 살짝 당겨 올라갔다. 혹시 지금 내가 웃고 있나? 나 또한 고개를 끄덕이며 마음속으로 행운을 빌었 다. 그러고는 숲으로 총총걸음을 쳤다.

나는 하디자와 함께 세이두를 부축하며 걸어갔다. 수풀은 마치 살아 있는 벽처럼 우리를 숲속 깊숙이 데려갔다. 그러나 아무 리 수풀을 헤쳐 나가도 연기 기둥은 멀어지지 않았다. 마음만 급 할 뿐 좀처럼 속도가 나지 않았다. 그렇게 삼십 분 정도를 걸었을 까. 하디자가 우뚝 멈추어 서더니 등을 살살 문지르며 말했다.

"좀 쉬었다 가면 안 될까?"

하디자가 그런 식으로 불평을 하는 건 처음 보았다.

"안 돼. 이거 마셔. 좀 나을 거야."

나는 거의 바닥난 물병을 호주머니에서 꺼내어 하디자에게 건넸다. 그러고는 세이두를 업고서 앞장서 걸었다.

한 시간쯤 더 흐르자, 우리는 발걸음을 떼는 것조차 힘들 정도로 지쳐 버렸다.

"좋아. 조금만 쉬었다 가자."

나는 그대로 털썩 주저앉아 세이두를 바닥에 내려 주었다. 내 등허리는 땀으로 흠뻑 젖어 있었다. 그런데 세이두의 몸에서 다시 열이 나기 시작했다.

나는 여태 허리춤에 차고 있던, 무사네 집에서 훔쳐 온 티셔츠를 세이두에게 입혔다. 티셔츠는 무척이나 컸고, 불을 붙이려고 뜯어낸 셔츠의 소맷자락은 세이두의 잘린 팔과 짝이 맞지 않았다. 그 때문에 세이두의 멀쩡한 팔에는 싹둑 잘린 소맷자락이, 잘려 나간 팔에는 긴 소맷자락이 펄럭이게 되었다.

나는 한숨을 푹 내쉬었다. 우스꽝스러워 보이긴 해도 어쨌든 세이두의 등에 나 있는 상처를 가려 주기는 했다. 더는 그 상처를 보지 않아도 되었다.

주변을 둘러보았다. 농장 반대편으로만 걸었는데도 카카오 나무가 여전히 눈에 띄었다. 새들이 여기까지 씨앗을 옮긴 것일까? 어쨌든 우리에게는 수분과 에너지가 필요했다. 나는 가까이 있는 나무로 가서 카카오 열매를 따 왔다.

씨앗을 씹어 먹는 것이 너무나 자연스러워서 오히려 섬뜩한

기분이 들었다. 그래서일까? 세이두는 끝까지 먹지 않겠다며 발
버둥을 쳤다. 그러고는 억지로 카카오 씨앗을 먹이려는 하디자
를 쏘아보며 씩씩거렸다. 하디자는 한숨을 푹 내쉬었다.

"이런 식으로 계속 갈 순 없어. 난 벌써 아까부터 주저앉고 싶
었어. 이런 속도로는 곧 따라잡힐 거야."

나도 등을 바닥에 대고 털썩 드러누웠다.

"맞아. 하지만 여기서 포기할 수는 없어. 계속 가는 수밖에."

"누가 포기하쟀냐? 내 말은 차근차근 도망가자 이거야."

하디자의 얼굴에 잔잔한 미소가 어렸다. 장난을 주고받기에
는 너무나 피곤했다. 일주일 내내 잠만 자고 싶은 심정이었다.

"야, 방법은 안 물어볼 거야?"

나는 눈을 감은 채 끙 하고 앓는 소리를 냈다.

"좋은 수라도 있어?"

하디자의 얼굴에 웃음꽃이 피었다.

"피스테르의 트럭."

그 순간, 나는 눈이 번쩍 뜨였다.

우리는 먼지투성이 오솔길 옆 커다란 나무 뒤에 숨어 있었다.
길 가운데 나뭇가지를 잔뜩 쌓아 놓고 피스테르의 트럭이 지나가
기를 기다렸다. 누군가 손을 댄 것처럼 보이지 않도록 나뭇잎도
흩뿌려 놓고 발자국도 말끔히 지워 두었다.

"안 돼, 이건 정말 말도 안 돼."

"쉿! 네가 먼저 생각해 내지 못했다고 질투하는 건 아니고?"

만약 피스테르가 농장 주인 삼 형제를 도와 우리를 수색하는 일에 힘을 보태지 않는다면, 또 피스테르의 트럭이 지나가기 전에 우리가 잡히지 않는다면……. 그래, 그렇다면 하디자의 계획은 성공할지도 모른다.

그때 멀찌감치서 우르릉거리는 엔진 소리가 들려왔다. 온몸의 근육이 팽팽해졌다. 세이두는 몸부림치는 것을 멈추었고, 하디자도 숨을 죽였다. 먼지를 뽀얗게 뒤집어쓴 빨간 트럭이 속도를 줄였다. 맙소사! 계획했던 대로였다.

저 사람은 널 잡으러 온 게 아니야. 나는 그 말을 몇 번이고 되뇌었지만 귓전을 때리는 심장 소리는 멈추지 않았다. 운전석 문이 녹슨 쇳소리를 내며 열리더니 욕이 한 바가지 쏟아져 나왔다. 트럭 밖으로 내려선 피스테르가 낑낑거리며 나뭇짐을 옮겼다.

하디자가 나를 향해 다급하게 손을 흔들어 작전 개시 신호를 보냈다. 우리는 숨죽인 채 트럭 짐칸으로 다가갔다. 나는 일단 손으로 하디자가 디디고 올라갈 발판을 만들어 주었다. 그리고 높게 쌓여 있는 카카오 자루와 트럭 뒷문 사이의 작은 공간으로 하디자를 밀어 넣었다.

무사 사장은 트럭 짐칸에 빈자리가 생기는 걸 못 견디는데……. 그 생각이 햇살을 스치고 지나가는 한 마리 나비처럼 머릿속에서 잠깐 반짝하다가 삽시간에 사라졌다.

하디자에게 마체테를 맡긴 뒤 트럭 바퀴 사이로 훔쳐보니, 피스테르는 벌써 나뭇짐을 다 치우고 트럭으로 성큼성큼 돌아오고 있었다.

마치 심장이 멎는 것 같았다. 나는 세이두의 허리를 잡고 있는 힘껏 쳐들었다. 하디자는 세이두의 겨드랑이를 잡은 채 트럭 위로 끌어올렸다. 세이두가 낮게 신음을 토해 냈다. 쾅 하는 문소리에 이어 엔진이 콜록거리며 기침을 내뱉었다. 나는 그제야 하디자에게 세이두를 들어 올릴 만큼의 힘이 없다는 사실을 깨달았다.

하디자의 얼굴에는 당황스러운 기색이 역력했다. 기어를 넣는 소리가 들리더니 곧 트럭이 출발했다. 나는 세이두를 놓쳤고, 하디자는 세이두를 떨어뜨리지 않으려 이를 악물고 버텼다. 나는 범퍼도 없는 트럭 뒤꽁무니에 무작정 매달렸다. 발 디딜 데를 찾지 못하고 허우적대는 나를 매단 채, 트럭은 울퉁불퉁한 시골길을 힘차게 내달렸다. 이러다 당장이라도 땅바닥에 패대기쳐질 것만 같았다. 지금 포기한다면 자유는커녕 세이두와도 이별이었다.

나는 젖 먹던 힘을 다해 몸을 들어올렸다. 그리고 트럭 짐칸에 들어가기가 무섭게 하디자의 손에 대롱대롱 매달려 있던 세이두의 겨드랑이에 팔을 쑥 밀어 넣었다. 하디자가 꿈지럭거리더니 얼른 자리를 내주었다. 다행히도 낡아 빠진 트럭의 모터 소리가 세이두의 울음소리를 말끔히 집어삼켰다.

갑자기 트럭이 깊게 팬 홈을 지나며 덜컹거렸다. 우리 셋은 한데 뒤엉킨 채 날아가 벽처럼 높이 쌓아 올린 카카오 자루 더미에 부딪혔다.

"악!"

세이두의 얼굴이 고통으로 잔뜩 일그러졌다. 나는 얼른 일어나 세이두의 등을 살살 쓸어 주었다.

"쉿, 세이두! 이제 다 잘될 거야!"

그 말은 이제 더 이상 거짓이 아니었다.

"형, 근데 나 왜 계속 아파?"

세이두가 흐느꼈다.

"나도 모르겠어. 그래도 이제 괜찮아질 거야. 도망쳤으니까. 곧 방법을 찾을 수 있을 거야."

한밤중에 성화를 부리던 숲속의 아우성이 새벽녘에 잦아드는 것처럼, 내 공포심도 어느덧 희미해지고 있었다.

"그럼 얼른 가자, 형."

세이두가 뜨겁고 끈적끈적한 이마를 내 가슴에 기대었다. 숲이 우리 뒤를 따라오는 바퀴 자국을 주워 삼키고 있었다. 비로소 웃음이 났다. 나는 눈을 질끈 감아 버렸다.

"좋아, 인정해. 내가 먼저 생각해 내지 못해서 질투가 난다고."

하디자가 피식거리더니 킥킥 웃음보를 터뜨렸다. 우리를 자유로 이끌어 줄 피스테르는 지금 이 상황을 상상도 하지 못하겠지.

얼마나 지났을까? 나도 모르게 깜빡 잠이 들었다가 깨어났다. 고개를 이리저리 돌리며 밖을 내다보니, 어느덧 태양이 서쪽으로 기울어져 있었다. 그림자로 보아, 우리를 태운 트럭은 남동쪽으로 향하고 있는 모양이었다.

바야흐로 농장을 완전히 벗어났다는 확신이 들었다. 그런데 이제 새로운 고민거리가 생겼다. 피스테르의 목적지가 어디인지는 모르겠지만, 우리와 정반대 방향인 것만은 분명했다.

나는 하디자를 흔들어 깨웠다. 하디자는 내 팔을 때리고 밀치면서 발버둥을 쳤다.

"진정해! 나야!"

겁에 잔뜩 질린 눈동자를 이리저리 바쁘게 굴리던 하디자가 정신을 차리고서 떨리는 숨을 내쉬었다.

"미안."

"얘기 좀 하자."

"뭔데?"

"네 생각은 기가 막히게 좋았어. 그 덕분에 우리는 안전하게 농장을 빠져나왔고. 근데 이제는 트럭에서 벗어나야 할 때가 된 것 같아."

하디자가 밖을 내다보며 생각에 잠겼다.

"지금?"

"되도록 빨리. 우리는 왔던 길을 되돌아가 북쪽으로 가야 해. 남쪽으로 갈수록 나중에 더 많이 걸어야 하니까 되도록 빨리 이 트럭에서 내려야 해."

나는 별생각 없이 세이두의 이마에 손을 올렸다가 깜짝 놀라서 소리쳤다.

"열이 펄펄 끓어."

하디자가 세이두의 얼굴을 손으로 만져 보더니 고개를 가로 저었다.

"약이라도 빨리 먹여야 할 텐데……."

"물은 오전에 다 마셨고……."

나는 양쪽 호주머니를 뒤진 다음 안에 든 물건을 꺼내 바닥에 펼쳐 놓았다. 하디자가 약상자를 집어 들고 꺅꺅댔다.

"너, 이거 잃어버리지 않았구나!"

"당연하지. 여기, 성냥이랑 마체테, 돈도 약간 있어."

하디자는 다른 물건에는 눈길도 주지 않고 약상자 속 조그마한 주황색 병 두 개에서 알약을 하나씩 꺼내 잠이 덜 깬 세이두의 코앞으로 가져갔다. 내가 물었다.

"그게 뭔데?"

"하나는 항생제고, 하나는 진통제야. 정확히 몇 알씩 먹어야 하는지는 모르겠어. 유통기한이 지난 걸지도 모르고. 그래도 먹는 게 도움이 될 거야. 자, 세이두. 입을 벌려 봐, 아."

"싫어!"

세이두가 내 가슴팍에 얼굴을 파묻었다. 내가 손을 내밀자 하디자가 내 손바닥에 알약을 올려놓았다.

"확실히 도움이 되는 거야?"

내 물음에 하디자가 고개를 끄덕였다. 나는 경이로운 눈빛으로 약상자를 바라보며 다시 물었다.

"그럼 아예 많이 먹이는 건 어떨까?"

"약은 한꺼번에 먹는 게 아냐. 그랬다가 더 심각해질 수도 있어!"

순간, 나 자신이 바보같이 느껴졌다.

"넌 약에 대해서 어떻게 그렇듯 잘 알아?"

"난 크면 의사가 될 거니까."

나는 하디자를 멍하니 쳐다보았다. 여자가 꾸기에는 너무 큰 꿈이었다. 아니, 여자든 남자든 여태껏 내가 알던 그 누가 가진 꿈보다도 컸다. 이렇게 큰 꿈을 가진 하디자가 그동안 어떤 환경에서 자랐는지 문득 궁금해졌다.

그때 세이두가 머리로 내 가슴팍을 쿵쿵 짓찧었다. 그제야 내가 왜 알약을 손에 들고 있었는지가 떠올랐다. 나는 세이두의 턱을 쳐들고 눈을 똑바로 맞추었다.

"이건 선택의 여지가 없는 문제야. 그러니까 받아들여."

마체테를 다루는 법을 처음 가르칠 때처럼, 세이두 대신 벌을 받으러 가면서 내 자루 속의 카카오 열매를 꺼내 담으라고 말할 때처럼 나는 최대한 단호하게 말했다.

세이두는 결국 입을 벌렸다. 나는 세이두의 입안으로 알약 두 알을 밀어 넣었다. 세이두는 약을 꿀꺽 삼킨 뒤 혓바닥을 보여 주고는 못마땅하다는 듯 툴툴댔다.

"이제 마음에 들어?"

나는 대답을 하는 대신 하디자를 바라보았다.

"만족하십니까, 의사 선생님?"

"흠, 여기 있는 동안에 붕대도 갈면 좋겠는데……."

하디자가 약상자 속의 붕대를 손으로 만지작거리며 말했다.

"싫어! 이게 다 누나 때문이잖아! 아까 찜찜한 약도 먹었으니까 이젠 제발 가만 내버려 둬!"

세이두가 자신의 뭉뚝한 팔꿈치를 다른쪽 팔로 감싸며 외쳤다. 하디자는 따귀라도 맞은 것처럼 멍한 표정이 되었다.

"……미안해."

"미안해하면 다야? 내 팔이 다시 생겨나냐고!"

"그래도 미안해하는 마음만큼은 알아줬으면 좋겠어."

하디자는 깊은 한숨을 내쉬더니 말을 이었다.

"그땐 내가 도망가면 무슨 일이 벌어지는지 몰랐어. 나 때문에 누가 다치게 될 줄은 몰랐다고. 단지 거기서 도망쳐 나오고 싶었던 것뿐이야. 정말 미안해."

하디자가 눈물을 머금은 채 세이두에게 엷은 미소를 지어 보였다. 세이두는 하디자를 빤히 바라보다가 이렇게 중얼거렸다.

"사실 팔이 잘린 건 누나 탓이 아니야. 혹시 형은 누가 그랬는지 알아?"

"아니."

나는 솔직하게 대답했다. 진실을 모른다는 것이 이렇게 기쁠 수도 있다니! 참으로 낯선 경험이었다.

"그때 유수프 형이랑 한창 잡담을 하고 있었어. 그러다 앞에 있던 나무에서 카카오 열매를 따려고 했는데, 하필이면 누군가가 동시에 달려들었나 봐. 다치자마자 뻗어 버려서 그다음 일은 전혀 기억이 나지 않아."

일단 유수프는 범인이 아니었다! 나도 모르게 안도의 한숨이 새어 나왔다.

"넌 굉장히 용감해, 세이두. 살아 있어 줘서 고마워."

하디자가 나지막하게 말했다. 세이두가 성난 눈초리로 하디자를 쏘아보았다.

"난 아직도 누나가 날 속이고 도망치는 바람에 형이 사장님한테 죽도록 두들겨 맞은 게 분해. 그러니까 내 팔에는 신경 꺼!"

나 역시도 잘 묶여 있는 붕대를 굳이 풀어야 할까 싶은 생각이 들었다. 저 더러운 붕대를 풀면 끔찍한 상처가 훤히 드러날 텐데…….

하디자는 눈동자를 이리저리 굴리더니 세이두와 시선을 맞추었다.

"네가 열이 펄펄 끓던 날 기억나니? 넌 누런 거미가 네 눈을 갉아 먹는다면서 삼십 분 내내 소리를 지르고 난리를 쳤어. 네가 그렇게 아팠던 이유는 다친 부위를 깨끗하게 소독하지 않아서야. 또 그렇게 아프고 싶지는 않잖아?"

세이두는 하디자와 나를 번갈아 힐끗거렸다.

"우리가 낫게 해 줄게."

하디자가 사근사근한 목소리로 말하며 세이두의 멀쩡한 팔을 또닥거렸다.

"알았어."

세이두가 들릴락 말락 한 목소리로 답했다. 하디자는 무릎걸음으로 다가와 흙먼지로 찌든 붕대를 조심스레 풀었다. 세이두는 내 가슴에 얼굴을 묻고 훌쩍거렸다.

"이런……, 바느질 자국이 없어."

하디자 말이 맞았다.

"어떻게 된 거지?"

"무사 사장이 불로 지졌나 봐. 흠, 마체테의 평평한 쪽을 불에 달궈서 쓴 거 같아."

세이두는 우리와 눈을 마주치지 않은 채 고개를 끄덕였다.

"많이 괴로웠겠지만……, 그리 나쁜 치료법은 아니야. 상처가 깨끗이 소독되었을 테니까. 어쩌면 지난번에 곪았던 건 바느질 때문인지도 몰라."

하디자가 붕대를 들어 코를 킁킁거리며 냄새를 맡았다.

"이게 뭘까?"

"파파야 냄새야."

잘려 나간 팔꿈치 아래쪽 피부는 반달 모양의 물체로 감싸여 있었다. 파파야 열매였다. 나는 하디자가 모르는 걸 알려 주었다는 사실이 몹시 기뻤다. 하디자는 눈을 동그랗게 뜨고 내 말에 귀를 기울였다.

"우리 고향에서는 자주 쓰는 방법이야. 불에 덴 상처를 파파야 열매나 바나나 잎으로 감싸거든. 건조해지지 않게."

하디자가 약상자를 이리저리 뒤지더니 실망감이 밴 목소리로 말했다.

"그렇구나. 여기에는 파파야를 대신할 만한 게 없네."

저 약상자가 모든 문제를 해결해 줄 거란 기대는 착각이었나 보다. 하디자가 실눈을 뜨고 물었다.

"저 파파야를 한 번 더 쓸까?"

"지금은 그러는 게 좋겠어."

하디자는 세이두의 뭉툭한 팔꿈치에 문드러진 파파야를 살살 붙인 다음, 새 붕대로 꼼꼼히 감았다.

"좋아, 다 됐어. 이게 지금 우리가 할 수 있는 최선이야."

하디자가 세이두의 등을 토닥이며 다정한 목소리로 속삭였다.

"너, 정말 용감하더라."

하디자의 얼굴은 여기저기 얻어터져 상처가 가득했지만 표정만은 더없이 온화했다. 세이두의 표정도 한결 누그러져 있었다. 그러고 보면 세이두는 여자의 시선에 익숙한 편이 아니었다. 엄마는 세이두가 태어나자마자 돌아가셨고, 집안에 여자라고는 고모뿐이었다. 농장에도 여자는 없었다.

나는 서둘러 화제를 바꾸었다.

"자, 다 됐으면 이제 트럭에서 내려 북쪽으로 갈 방법을 생각해 보자."

"형, 여기 좀 더 있으면 안 돼?"

세이두가 애처로운 표정으로 물었다.

"안 돼! 여긴 안전하지 않아."

그런데 하디자가 반대 의견을 냈다.

"달리는 트럭에서 뛰어내리는 것도 안전하지 않아. 속도를 줄일 때까지만이라도 기다려 보는 게 어때?"

나는 뻣뻣한 어깨를 살살 돌려 보았다. 잠깐 눈을 붙이긴 했지만 여전히 몸이 노곤한 데다 두들겨 맞은 상처가 욱신거렸다. 하디자도 마찬가지겠지. 세이두는 말할 것도 없었다.

"알았어. 그럼 좀 더 기다려 보자."

땅거미가 어둑어둑하게 내려앉을 무렵, 마침내 피스테르가 트럭의 속도를 줄였다. 나는 하디자와 세이두를 흔들어 깨웠다.

"이제 나가자."

하디자는 약상자와 빈 물병을 챙기고, 나는 세이두를 일으켜 세웠다.

"싫어……, 싫어……! 난 안 갈래!"

세이두가 내 팔을 뿌리치며 잠에 겨운 목소리로 칭얼거렸다.

"세이두, 일어나! 지금 나가야 해, 어서!"

그때 하디자가 속삭였다.

"너무 늦었어."

아니나 다를까, 밖을 내다보니 트럭이 어느덧 낯선 마을로 들어서고 있었다. 우리는 몸을 옹송그린 채 두려움에 떨었다.

트럭이 멈춘 후, 고개를 빼꼼 내밀어 마을을 살펴보았다. 먼지가 폴폴 날리는 길가에 아기와 개가 한데 어우러진 채 바닥에 누워 있었다. 한낮의 열기가 한풀 꺾여서인지 사람들이 느긋한 걸음걸이로 마을을 돌아다녔다. 나는 트럭 바닥에 바싹 엎드린 채 하디자의 귀에 대고 말했다.

"시골 마을인 데다 보는 눈이 많아서 당장 내리는 건 위험하겠어. 좀 더 깜깜해지면 숲으로 가서 숨자."

하디자가 오만상을 찌푸렸다.

"그냥 여기서 자면서 새벽까지 버티는 건 어때? 굳이 깜깜한 숲에 들어가 맹수에게 잡아먹힐 위험을 감수할 필요는 없잖아? 안전하게 트럭 안에 있다가 날이 밝은 뒤에 나가는 게 낫겠어.”

물론 나도 으슥한 숲속으로 들어가기는 싫었다. 하지만 여기 있다가 사람들 눈에 띄는 게 훨씬 더 위험했다. 숲에서 자는 게 싫다면 아까 트럭에서 뛰어내리자고 했을 때 말리지 말았어야지.

하디자에게 한마디 하려고 입술을 달싹이는 순간, 난데없이 낯선 목소리가 끼어들었다.

“안녕, 애들아.”

고개를 돌려 보니, 피스테르가 트럭 뒷문에 팔짱을 낀 채 기대서 있었다. 나는 세이두를 품에 끌어안고 발딱 일어나 뒤로 물러섰다. 하디자도 얼른 내 뒤로 와 섰다.

나는 허리춤에 찬 마체테를 손으로 움켜쥐었다. 근육이 우락부락한 두꺼운 팔뚝에 쩍 벌어진 가슴……. 저렇게 덩치 큰 사내와 싸워 이길 확률은 거의 없었다. 탈출을 향한 내 희망이 밖으로 슬슬 새어 나갔다. 마치 몸속에서 피가 다 빠져나가는 것처럼 힘이 쭉 빠지더니, 저절로 다리에 힘이 풀려 바닥에 털썩 주저앉고 말았다.

“너희들, 이름이 뭐냐?”

피스테르가 밤바라어(말리와 인근 국가에서 사용하는 언어—옮긴이)로 물었다. 우리처럼 말리 사람인 건가? 나는 짐짓 입을 꾹 다물었다.

"밤바라어 할 줄 몰라?"

피스테르가 우리를 빤히 쳐다보았다. 이상하게도 그의 눈에는 다정함이 깃들어 있는 것 같았다.

"나는 우마르라고 해. 보아하니 너희는 일단 뭐 좀 먹어야겠구나. 이리 와라."

그가 건장한 팔로 트럭 뒷문을 세게 잡아당기자 쿵 하는 소리와 함께 문이 활짝 열렸다. 이제 여기서 달아날 방법은 없었다.

나는 세이두를 부축해 조심스럽게 트럭에서 내렸다. 우마르 아저씨는 세이두의 어깨를 잡으며 우리가 트럭에서 내리기 쉽도록 도와주었다. 희한하게도 그는 내 마체테를 뺏으려 하지 않았다.

나는 허리띠에 마체테를 찔러 넣고 하디자에게 손을 내밀었다. 하디자가 내 손을 꽉 움켜잡고 트럭 밖으로 뛰어내렸다.

나는 세이두와 하디자를 양손으로 잡은 채 뻣뻣한 걸음걸이로 우마르 아저씨를 뒤따라갔다. 마을 사람들이 우리를 보고는 소곤거리며 길을 내주었다.

우마르 아저씨는 우리를 길 끝의 아담한 집으로 데리고 갔다. 거실 한가운데에 탁자 하나와 등받이가 없는 의자 여러 개가 놓여 있었다.

"앉아라, 앉아."

아저씨가 의자를 향해 손짓했다.

하디자는 의자에 걸터앉더니 세이두를 자기 쪽으로 잡아당겼다. 나는 하디자와 세이두 뒤쪽에 팔짱을 끼고 서서 우마르 아저씨를 응시했다.

아저씨는 우리 맞은편에 앉자마자 긴 한숨을 내쉬었다. 그러고는 우리 셋을 번갈아 훑다가 세이두에게 오래도록 머물렀다.

"몇 가지 물어볼게. 사실대로 말해야 해. 이름은 굳이 말하지 않아도 돼. 하지만 이건 알아야겠다. 아까 내가 카카오를 거둬 온 농장에서 일하는 애들이냐?"

우리가 아무런 대답도 하지 않자, 아저씨가 다시금 물었다.

"불났던 농장?"

곁눈질로 슬쩍 보니, 세이두가 고개를 끄덕이고 있었다. 나는 이맛살을 찌푸렸다.

"너희 아버지가 농장 주인이냐?"

이번에도 세이두가 아니라고 도리질을 했다.

"거기서 일하는 동안 돈은 받았고?"

무심코 불쾌한 웃음이 입 밖으로 새어 나왔다. 하디자와 세이두가 기가 막힌다는 듯 고개를 세차게 저었다. 이윽고 아저씨의 시선이 세이두의 잘려 나간 팔로 쏠렸다.

"마지막 질문이다. 다시 농장으로 돌아가 일하고 싶니?"

"아뇨!"

그 말이 내 입에서 불쑥 튀어나와 버렸다.

"아뇨!"

하디자와 세이두도 앞다투어 대답했다.

"너희들 사연은 자세히 듣고 싶지 않다. 나는 농장 주인들과도 좋은 관계를 유지해야 하니까. 하지만 가족도 아닌 아이들을 데려다가 공짜로 부려 먹는 짓에는 동의할 수 없어."

순간, 가슴속에서 어떤 감정이 거품처럼 보글보글 끓어올랐다. 이런 게 희망일까?

"나는 저 카카오 자루와 함께 동쪽으로 간다. 코트디부아르의 달로아라는 도시로."

아저씨가 내 눈을 똑바로 바라보았다.

"너희를 태워 주겠다는 뜻은 아니야. 다만 내일 아침에 출발할 때 트럭의 짐칸을 확인하지는 않을게. 알겠지? 그리고 난 달로아에 도착하면 조용한 곳에 차를 세우고 잠시 경치를 감상하면서 쉬었다 갈 거다. 내 말뜻, 알아듣겠니?"

뭐가 뭔지 몰라 몹시 얼떨떨하긴 했지만, 나는 얼른 고개를 끄덕였다.

"내 조카에게 저녁을 차려 주라고 할게. 저녁을 먹고 나서 한숨 자도 되지만 내일은 새벽에 일어나야 한다. 동이 트자마자 떠나야 하니까."

아저씨는 씩 웃더니 덧붙였다.

"아, 나랑 트럭 말이다."

그러고는 뚜벅뚜벅 걸어서 거실을 빠져나갔다. 세이두가 나를 쳐다보려고 몸을 틀었다. 희망과 두려움이 뒤섞인 표정이었다.

"우릴 도와준다는 말이지?"

"난 믿지 않아."

나는 솔직하게 답했다.

옆방에서 나온 아주머니가 우리에게 음식을 가져다주었다. 삶은 계란과 과일, 케제누(매콤한 맛의 치킨 수프―옮긴이)까지. 이렇게 맛있고 푸짐한 식사가 대체 몇 년 만인가. 우마르 아저씨의 본심이 아무리 미심쩍다 해도, 우리 앞에 차려진 만찬만큼은 진심으로 감사할 뿐이었다.

하디자는 언제 그런 것을 챙길 생각을 했는지, 삼베 조각에다 달걀과 과일을 주섬주섬 담았다. 하디자의 눈빛에는 어느덧 두려움이 썰물처럼 빠져나가고 없었다.

나는 약상자를 흔들었다.

"세이두한테 약을 더 줘야 하나?"

"음……. 응, 네 시간 정도 지났으니까 줘도 돼."

하디자가 약상자를 열고 실눈으로 약병의 빛바랜 딱지들을 살펴보았다. 나는 약병 하나를 가리키며 말했다.

"아까는 그걸 먼저 주던데."

하디자는 내가 가리킨 약병에 적힌 작은 글자들을 신중히 살피고는 깜짝 놀란 얼굴로 나를 쳐다보았다.

"맞아! 그런데 그렇게 멀리 떨어져 있는데도 이 작은 글자를 읽었단 말이야? 시력이 대단한데?"

나는 웃음을 터뜨렸다.

"읽다니? 무슨 뚱딴지 같은 소리야? 이건 밑바닥이 깨져 있고 색깔도 좀 더 어두운 편이잖아. 그걸로 알아본 거지. 나는 글을 읽을 줄 몰라."

얘는 대체 생각이라는 게 있는 걸까. 농장에서 일하는 아이들한테 학교에 다닐 시간이나 돈이 어디 있겠느냐고. 고향에서도 우리는 돈이 없어서 학교에 다니지 못했다. 그저 밭에 나가 하루 종일 일만 했다. 당장 먹고사는 것만도 빠듯한데 수업료를 낼 돈이 어디 있겠는가. 나는 고개를 절레절레 흔들었다.

어쨌든 하디자는 약병에 빠글빠글하게 쓰여 있는 글씨를 읽고 있는 게 분명했다. 저 정도로 많은 글씨를 읽으려면 학교에다 돈을 얼마나 많이 쏟아부어야 할까? 그만큼 잘산다는 뜻일까? 도무지 상상이 되지 않았다.

문득 하디자를 이제 여동생이나 다름없이 여기는데도 정작 이 아이에 관해 아는 게 거의 없다는 생각이 들었다.

세이두는 알약을 꿀꺽 삼키고서 하디자에게 몸을 기댔다. 하디자가 동그래진 눈으로 나를 바라보았다. 나는 졸음에 겨운 세이두를 거실 가장자리 창문 아래에 눕혔다. 언제든 도망갈 수 있도록.

세이두의 새근거리는 숨소리가 거실을 가득 채우자, 당장 그 옆에 뻗어서 곤히 잠들고 싶었다. 하지만 잠의 사치를 누리기 전에 먼저 결정해야 할 일이 있었다.

"저 아저씨와 같이 가면 안 될 것 같아."

"왜 안 돼?"

하디자가 물었다.

"마음이 바뀔지도 모르잖아. 우리를 농장으로 도로 데려가거나 다른 사람에게 팔아넘길 수도 있어. 농장 주인들이랑 좋은 관계를 유지하고 싶다고 한 말, 너도 들었잖아."

"글쎄, 이렇게 우리를 도와주고 있는데……. 한번 믿어 보는 건 어때? 아이들한테 강제로 일 시키는 거 반대한다잖아."

내가 보기에는 꼭 하디자가 자기 자신을 설득하려는 것 같았다. 물론 우마르 아저씨가 진심을 말했을 수도 있다. 하지만 그게 아닐 수도 있다. 그동안 나는 어른들에게 수없이 속아 왔다.

"그리고 우리와 가는 방향이 달라. 우리는 남동쪽이 아니라 북쪽으로 가야 해."

하디자는 한동안 말이 없었다.

"그러니까 여기서 두서너 시간 잔 다음에 숲으로 들어가자. 날이 밝으면 온 길을 따라 돌아가면 돼. 숲에서 며칠 숨어 지내다 길을 빙 돌아서 국경까지 가자. 태양을 보면 방향을 찾을 수 있어. 시카소에서 농장까지 오토바이랑 자동차로 하루도 채 안 걸렸으니까, 걸어가도 일주일이면 충분할 거야."

"있잖아……."

하디자는 손톱으로 탁자의 나뭇결을 따라 후벼 팠다 되돌아오기를 반복하며 뭔지 모르게 자꾸만 미적거렸다. 그러다 드디어 입을 열었다.

"할 말이 있어."

"뭔데?"

하디자의 목소리가 설핏 떨리고 있었다.

"난 너희처럼 말리에서 오지 않았어. 난 코트디부아르 사람이야. 코트디부아르의 대도시, 아비장에서 엄마랑 살고 있었어."

코트디부아르 사람이라고? 그것도 대도시에 사는…….

하디자의 갸름한 얼굴 속 커다란 눈망울이 이리저리 내 눈치를 살피는 게 느껴졌다. 잘사는 집 애라는 건 진작에 알았지만, 하디자도 농장의 다른 아이들처럼 말리 출신일 거라고 생각했다. 우리처럼 이슬람식 이름을 쓰고, 밤바라어를 쓰고 있었기 때문이다. 하디자가 농장 주인들처럼 코트디부아르 사람이라니……. 믿을 수가 없었다.

혹시 내 얼굴에 감정이 고스란히 드러난 것일까? 하디자는 나와 눈을 맞추지 않은 채 이야기를 이어 갔다.

"그러니까…… 나는 달로아로 가야 해. 게다가 우마르 아저씨의 카카오 자루를 살 정도로 큰 도시라면 아마도 주요 도로가 연결되어 있을 거야. 거기서부터 우리 집까지 찾아가는 건 어렵지 않을 것 같아. 그래서 말인데……, 너희도 우리 집에 함께 갔으면 하는데…….”

나는 하디자의 말이 믿어지지 않아 한동안 잠자코 눈만 껌뻑거렸다.

“아마두…….”

하디자의 눈에 눈물이 고였다. 하지만 나는 딱 잘라 말했다.

“아니. 카카오가 득실거리는 이 나라에 더 있으라는 말은 하지 마. 더는 날 여기에 잡아 둘 수 없어. 나는 고향으로 돌아갈 거야. 세이두를 고향에 데려갈 거라고!”

나는 탁자 위에 놓인 약상자를 잡아채 단단히 거머쥐었다.

“넌 내일 새벽에 일어나서 피스테르의 트럭을 얻어 타고 남쪽으로 가. 나는 세이두랑 약상자를 가지고 고향으로 갈 거야. 네가 부잣집 애라고 해서……, 또 코트디부아르 사람이라고 해서 네가 시키는 대로 고분고분 따를 줄 알아? 너희 같은 사람들한테서 더는 명령받지 않을 거야.”

“기다려! 아마두, 그런 게 아니야!”

하디자가 나를 향해 손을 뻗었다. 하지만 나는 그 손을 차갑게 뿌리쳤다. 내가 왜 친동생도 아닌 살쾡이를 걱정해야 하는 거지? 우리는 이제 더 이상 서로에게 빚진 것도 없었다.

“세이두는 어떡하게?”

하디자가 나지막하게 물었다.

"뭘 어떡해?"

내가 꽥 소리를 질렀다.

"세이두는 내가 돌봐. 네가 나타나기 전부터 그래 왔으니까. 약은 내가 챙겨 갈게! 우리한테는 더 이상 네가 필요 없다고!"

목소리가 갈라져서 말을 멈추었다. 하디자를 버려 두고 나 혼자서 세이두를 말리까지 데려갈 생각을 하자 가슴이 꽉 죄어 왔다. 잘 걷지도 못하는 세이두, 틈만 나면 몸이 불덩이같이 뜨거워지는 세이두, 온전한 팔이 붙어 있던 자리에 탱탱 부은 팔꿈치만 남은 세이두…….

그때 하디자가 내게 손을 뻗었다.

"손대지 마!"

하지만 하디자는 그대로 나를 감싸 안았다. 딱딱한 약상자가 우리 사이에 있었지만, 하디자는 아랑곳하지 않고 내 어깨에 머리를 기댔다.

"괜찮아, 아마두. 세이두는 괜찮을 거야."

순간, 내 턱에서 떨어진 눈물이 하디자의 잔뜩 흐트러진 머리카락 위로 떨어졌다.

무서운 기억

몇 분이나 지났을까? 나는 하디자의 품에서 나와 뒤로 물러섰다. 하디자가 의자에 털썩 주저앉았다. 나도 의자에 앉아 약상자를 탁자 위에 올려놓았다. 잠시 동안 우리 둘 다 아무 말도 하지 않았다. 나는 진이 다 빠진 상태였지만 호기심을 억누를 수가 없었다.

"그러니까 넌 도시 애인데 카카오 농장으로 끌려왔다는 거지? 코트디부아르 사람인데도 기독교 이름을 쓰지 않고 프랑스어도 쓰지 않고 말이야. 이건 뭔가 앞뒤가 안 맞잖아."

"사실 난 밤바라어도 쓰고 프랑스어도 써. 아빠가 코트디부아르 사람이거든. 기독교인이라서 내 성은 '카블랑'이지만, 엄마는 말리의 수도 바마코 출신이야. 외할머니 이름을 따서 내 이름은 이슬람식인 거고. 엄마는 늘 집에서 밤바라어를 썼어."

하디자는 그 말이 사실임을 말해 주듯 매끄럽고 자그마한 손에 시선을 고정한 채 말을 이었다.

"우리 엄마는 아비장에서 기자로 일해. 나는 아비장에 있는 국제 학교에 다녀."

분명히 학비가 아주 비싼 곳이겠지.

"엄마가 쓰고 있는 기사가 정확히 뭔지는 모르겠어. 심각한 기사를 쓰려고 정보를 모으고 있다는 것만 알아. 어느 날, 엄마가 전화로 속닥거리더니 밤늦게 집을 나섰어. 어디로 간다는 말도 없이."

"너희 아빠는 뭐라고 안 하셔?"

여자가 밤에 몰래 돌아다녀도 아무 문제가 없는 세상을 애써 상상해 보며 내가 물었다.

"아빤 프랑스에 사셔. 나는 지금 엄마랑 둘이 살아."

프랑스? 차라리 달나라에 살고 있다고 하지 그래?

"몇 번이나 물어봤지만 엄마 대답은 늘 똑같았어. 그냥 중요한 일이다, 중요한 사람들이 관련되어 있다, 너는 모르고 있는 편이 더 안전하다……."

하디자는 기나긴 한숨을 내쉬었다.

"근데 그게 아니었잖아……."

그 목소리가 너무나 비통해서 나도 모르게 숨이 턱 막혔다.

"그때부터 전화가 걸려 오기 시작했어."

전화라는 게 어떤 물건인지는 대충 알고 있다. 농장 주인들이 사용하는 걸 보았으니까.

하디자는 오한이 드는지 양손으로 팔뚝을 감싸 쥐었다.

"어디서?"

"나도 몰라. 어느 날 아침, 엄마가 전날 남겨진 음성 메시지를 듣더니 휴대폰을 부서져라 움켜쥐고 손으로 입을 꽉 틀어막는 거야. 나도 들어 보고 싶었지만, 엄마가 메시지를 다 지워 버렸어. 그런데 그걸로 끝난 게 아니었어."

"그럼?"

"그 후부턴 협박 전화가 집으로 왔거든."

나는 전화기가 두 대나 필요한 이유를 헤아려 보려고 애썼다. 전화 걸 상대가 없을 때 자기 자신한테라도 걸려는 걸까? 이건 좀 어이가 없었다.

"한번은 내가 전화를 받았어. 전화를 건 사람은 남자였지."

하디자의 손이 덜덜 떨리고 있었다.

"그 남자는 히죽거리더니 우리 엄마가 잘 계시는지 물었어. 몸 조심해야 할 거라며 이런 말도 했어. '캐고 다니면 어떻게 되는 지 알 거야.' 그 후로도 매일, 어느 때는 하루에도 두세 번씩, 한밤중에도 전화가 왔어. 하지만 전화를 받으면 아무 말도 없이 숨소리만 들리는 거야. 다른 어떤 협박보다도 이게 더 무서웠어."

나도 농장에서는 별로 말이 없었다. 말이 없다는 건 무척이나 무섭게 느껴질 수 있어서, 상대가 나를 얕잡아 보지 않도록 하는 데는 꽤 도움이 되기도 했다. 하지만 하디자가 느낀 두려움이 고스란히 전해지자, 내가 가했던 조용한 위협이 농장의 다른 아이들에게 어떻게 와 닿았을지 새삼스레 걱정이 되었다.

"우리는 결국 간단한 짐을 챙겨서 상페드로라는 항구 도시로 몸을 피했어. 조그만 집을 빌렸는데 엄마는 잠깐만 머물 거라고 했어. 몇 가지 사실만 확인하면 일이 다 끝난다고. 그 작업만 끝나면 프랑스로 건너가서 아빠랑 함께 지내자고 그랬어. 나는 엄마가 진짜로 겁을 먹었다는 걸 알았지. 엄마는 도망치는 걸 엄청 싫어하는 사람이거든. 게다가 프랑스는 너무 춥다면서 절대로 안 갈 거라고 입버릇처럼 말했는데……."

하디자는 원피스의 구멍을 만지작거렸다.

"엄마는 상페드로에서 보낸 마지막 며칠 동안 뭔가에 홀린 듯이 일만 했어. 밤늦게까지 글을 쓰고, 동트기 전부터 여기저기 전화를 걸어 속닥거렸어. 엄마가 난 스테판이랑 상드린과 함께 집에 있는 편이 안전할 거라고 했어. 난 절대 혼자서 밖에 나가지 않았지. 매일 창문 옆에 앉아 정원 담장을 바라보면서 예전에 학교에서 배운 책들을 읽었어. 엄마는 거의 보지도 못했고."

"마지막 며칠 동안이라니?"

스테판과 상드린이 누구인지도 궁금했지만, 내 마음을 뒤흔드는 말은 따로 있었다. 나는 부모를 잃는다는 게 어떤 건지 잘 알았다. 우리 엄마는 세이두를 낳다가 돌아가셨다. 엄마가 채워 주던 세계가 갑자기 텅 비게 되는 순간의 섬뜩한 느낌이 떠올랐다.

"내가 납치되기 전."

다행히 하디자 엄마는 돌아가신 게 아니었다. 나는 안도의 숨을 내쉬고는 천천히 생각을 가다듬었다. 이제야 앞뒤가 맞았다. 하디자는 돈을 벌기 위해 농장에 제 발로 걸어 들어온 게 아니었다. 납치를 당했던 것이다. 그래서 그렇게 도망가려고 몸부림을 쳤구나.

"어느 날 밤, 엄마가 모임에 다녀오겠다며 외출을 했어. 엄마가 나가고 나서 십 분이나 지났을까? 집에 모르는 남자들이 들이닥쳤어. 그 사람들은 경비원을 손쉽게 쓰러뜨렸어. 미리 손을 썼는지 전화도 먹통이었고. 처음엔 싸우려 했지만 나 혼자 맞설 수 있는 상대가 아니었어. 도망칠 수밖에 없었지……."

하디자는 목소리가 점점 잦아들더니 결국 눈물을 떨구었다.

"울지 마. 안 봐도 뻔해. 넌 싸움꾼이잖아. 도망가는 데도 선수고. 넌 최선을 다했을 거야. 확실해."

하디자가 내게 미소를 지어 보였다.

"결국에는 잡히고 말았어. 그 남자들은 내 손을 묶고 입에 재갈을 물린 다음 얼굴에 천까지 뒤집어씌웠어. 칠흑같이 깜깜했어. 곡식을 담았던 자루인지 작은 알갱이가 자꾸만 눈과 코로 들어왔어. 재갈이 물려 있어서 코로 숨을 쉬어야 하는데, 먼지 때문에 숨쉬기가 너무나 힘들었어."

하디자는 그때의 상황이 떠오르는 듯 곤혹스런 표정을 지었다.

"그 사람들은 나를 트럭 짐칸에 태웠어. 나는 바닥에 가만히 누워 있었어. 숨이 막혀서 죽을까 봐 무서웠거든. 트럭은 끝도 없이 달렸는데 갈수록 길이 더 험해졌어. 바닥에 수도 없이 머리를 짓찧었지. 손이 묶여 있으니 몸을 추스를 수도 없었고. 한참 후에 트럭이 멈추고, 나는 다른 사람들 손에 넘겨졌어. 이번에는 밴에 올라탔어. 다행히 얼굴에 씌운 천을 벗겨 줘서 마음껏 숨을 쉴 수 있게 됐지. 그런데 우습게도 고작 그런 선심에 고마운 마음이 드는 거 있지?"

하디자가 말을 멈추고 나를 바라보았다.

"그 인간들한테 고마운 마음이 드는 내가 미웠어."

나는 농장 주인들이 내비치는 자그마한 자비심에 고마움을 느꼈던 지난날을 되짚어 보았다. 날마다 먹을 게 주어지고, 아플 때 최소한의 보살핌을 받고……. 심지어 매질을 당하지 않는 것만으로도 감사했다. 인정하고 싶지 않지만 고마운 마음이 들었던 것은 사실이다.

"이해해."

"넌 이해할 줄 알았어."

하디자는 땋은 머리를 매만지고는 자세를 바로잡았다.

"얼마 후 또 다른 트럭에 옮겨 탔어. 트럭은 점점 더 깊은 숲속으로 들어갔어. 이제 죽었구나, 생각하는 순간에 차가 우뚝 멈췄어. 난 곧 트럭에서 끌려 나와 바닥을 뒹굴었어. 고개를 들어 보니 열 명 남짓한 남자아이들이 날 지켜보고 있었어. 바로 그 농장이었어. 트럭 운전사는 농장 주인들에게 말했지. 어떻게 부려 먹어도 상관없지만, 도망치지만 못하게 농장에 잘 가둬 두라고. 그러면 큰돈을 주겠다나. ……그다음은 네가 아는 대로야."

나는 그날을 분명히 기억했다. 하디자의 멍든 얼굴과 매서운 눈빛이 또렷이 떠올랐다. 내가 하디자의 시선을 피했던 것도. 나는 그날 그랬던 것처럼 시선을 피했다.

"나는 그들이 엄마의 기사를 막으려고 날 납치했다는 사실을 깨달았어. 그래서 그런 식으로 날 이용하지 못하게 하려고 도망치기로 결심한 거야. 누구도 날 함부로 대하지는 못할 거라고, 그만큼 나는 가치 있는 존재라고 믿었거든. 그런데 그건 어디까지나 착각일 뿐이었지."

하디자의 목소리는 다정했지만 눈빛은 한없이 암울했다.

"미안해."

나도 모르게 주먹에 힘이 들어갔다. 누군가가 도와 달라고 할 때, 나는 온 힘을 쥐어짜도 도움이 될 수 없었다. 나는 그럴 만큼 강한 인간이 아니니까.

"정말 미안해."

"뭐가 미안해?"

"나, 그때 거기에 있었어. 그런데도 가만히 있었어."

그날 밤, 농장 주인들이 하디자를 창고로 끌고 왔을 때 나는 수도 없이 되뇌었다. 그들이 나를 잊었기를, 하디자한테 정신이 팔려서 나를 잊어 주기를. 나는 역겨운 인간이다. 눈물이 손등을 뚝뚝 때렸다.

그때 하디자의 부드러운 손길이 내 팔에 닿았다.

"네가 할 수 있는 일은 아무것도 없었어, 아마두."

"그래도 시도는 했어야 했는데……."

나는 속삭였다.

"그 후로 날 도와줬잖아. 그때부터 쭉 내 편이었잖아."

하디자가 말했다. 나는 이 죄책감에서 벗어날 수 있을까? 그 래도 어쩐지 하디자에게는 용서를 받은 듯한 기분이 들어서 마음이 조금 홀가분해졌다. 그제야 나는 주먹을 풀고 하디자의 손을 맞잡았다.

"너도 날 도와줬잖아. 그 덕분에 탈출했고. 그러고 보니, 넌 딱 육 일 걸렸네? 나는 이 년이나 걸렸는데. 물러 터진 부잣집 아가씨치고는 정말 대단해."

하디자의 얼굴에 엷은 웃음꽃이 피었다가 순식간에 사라졌다.

"그래. 그런데…… 엄마가 많이 걱정하고 계실 거야. 아마두,

나랑 같이 가 줄 수 없을까?"

순간, 마음이 두 동강이라도 난 듯 알싸한 기분이 나를 감쌌다.

"난…… 말리로 가야 해. 세이두를 집으로 데려가기로 약속했어. 바다에 가까워질수록 우리는 집에서 멀어져. 넌 남쪽으로 가서 엄마를 만나. 세이두랑 난 북쪽으로 갈게."

"집에 못 가면? 엄마를 영영 못 만나면 어떡해? 아마두, 나 사실 자신이 없어. 너무 무서워."

마치 거울을 보는 것 같았다. 우리는 꼭 닮은 두려움을 안고 있었다. 나 역시 농장 주인들에게 도로 잡혀갈까 봐, 영영 집으로 못 돌아갈까 봐 무척 걱정이 되었다. 절대로 아무도 모르게 죽고 싶지 않았다.

하디자는 다른 손을 내 손 위에 포개며 말했다.

"나랑 같이 가자. 도시에는 의사도 있고 약도 있어. 사실 이렇게 오래된 약은 효과가 있는지도 잘 모르겠어. 유능한 의사를 불러서 세이두를 치료하도록 엄마한테 부탁할게. 그러고 나서 너희를 말리까지 안전하게 보내 달라고도 할게. 엄마는 발이 넓어. 아는 사람 중에는 너희에게 도움을 줄 만한 사람이 분명히 있을 거야. 같이 가자, 제발! 너희를 꼭 집에 데려다줄게. 내가 약속할게."

내가 약속할게.

그 말이 머릿속에서 메아리치자 나도 모르게 고개를 끄덕였다.

자, 이제 우리는 남쪽으로 간다.

내가 살아야 하는 이유

아직 동이 트지도 않은 시각인데, 옆방에서 우마르 아저씨가 크게 노래를 불렀다. 우리에게 보내는 신호였다.

나는 잠들어 있는 세이두를 안고 낑낑대며 트럭으로 데려갔다. 뒷문이 활짝 열려 있어서 어제보다 트럭에 오르기가 한결 수월했다. 세이두를 먼저 짐칸에 밀어 넣었다. 하디자가 생기발랄한 모습으로 따라 올라 세이두의 머리를 자기 무릎 위에 올려놓았다. 내가 트럭에 오르고 나서 몇 분 뒤, 우마르 아저씨가 휘파람을 불면서 운전석에 올라탔다.

드디어 출발이다. 하디자도 나도 웃음을 참지 못하고 생글거렸다. 어제 바로 이 시각에 울며불며 떼를 쓰는 세이두를 질질 끌다시피 하면서 하디자를 구하러 공구 창고로 갔던 일이 믿기지 않았다. 탈출한 지 채 하루도 안 되었는데…… 남동쪽으로 달리는 우리 옆을 스쳐 가는 숲의 흐릿한 풍경이 꼭 꿈결 같았다.

그렇다고 해서 바닥이 안락한 건 결코 아니었다. 움푹 팬 홈을 지날 때마다 어찌나 덜커덩거리는지…… 무사 사장이 트럭에 카카오 자루를 고정시키는 줄을 더 단단히 동여매라고 잔소리를 해 댔던 이유를 이제야 알 것 같았다.

농장 아이들에게는 마음으로나마 감사 인사를 보냈다. 자루가 헐거웠다면 우리는 이 트럭에서 내리기도 전에 카카오 자루에 얻어터져서 묵사발 신세가 될 뻔했다. 우리는 곧 더러운 트럭 바닥에 몸을 누인 채 달고도 깊은 잠 속으로 빠져들었다.

불현듯 숨이 막혀 잠이 깼다. 눈을 떠 보니 세이두가 내 가슴팍 위에 앉아 있었다. 나는 과장되게 컥컥대며 웃음을 터뜨렸다.

"야, 내려가! 대체 왜 내 위에 앉아 있는 건데?"

나는 세이두를 다치지 않게 떨쳐 내려고 몸을 살살 흔들었다. 세이두는 팔을 잃은 지 이틀밖에 되지 않았으니까.

"형 깨우려고."

사람을 깨우려면 그 위에 올라앉는 게, 세상에서 가장 자연스러운 방법이기라도 하다는 듯 세이두가 배시시 웃었다.

"보여 줄 게 있어. 잘 봐."

세이두는 약상자를 집어 무릎 사이에 끼우더니 오른손으로 뚜껑을 열고 약병을 흔들어 보였다. 작은 병뚜껑 하나 여는 데도 저렇게 몸부림을 쳐야 하다니. 나도 모르게 가슴이 꽉 죄어 왔다.

"하디자 누나랑 같이 연습했어. 형이랑 누나가 없어도 나 혼자서 약을 꺼내 먹을 수 있게. 그치, 누나?"

"응! 대단한데?"

하디자가 용기를 북돋워 주는 어조로 말했다.

"기특해라, 우리 귀뚜라미."

나는 말은 그렇게 했지만 속으로는 기분이 썩 좋지 않았다. 우리가 세이두에게 약을 주지 못하는 상황이 머릿속에 그려지자 너무나도 끔찍했기 때문이다. 나는 세이두가 들리지 않도록 나직한 목소리로 하디자에게 물었다.

"세이두한테 왜 그런 걸 가르치는 거야?"

"언제 무슨 일이 일어날지 모르니까. 무엇보다 세이두가 기운이 없잖아. 뭐든 스스로 할 수 있게 연습시키면 기분이 좀 나아지나 봐. 더는 울지 않잖아. 효과가 있다니까."

나는 눈살을 찌푸렸다. 물론 하디자의 말이 맞을 수도 있다. 그러나 세이두를 주의 깊게 살펴보면 하디자가 틀렸다는 걸 금방 알아차릴 수 있었다. 요리조리 통통 튀어 오르던 귀뚜라미 같은 내 동생은 이미 사라졌다. 이제 세이두의 눈을 들여다보면 나를 지그시 바라보는 노인의 눈빛이 느껴졌다. 나는 고개를 흔들었다. 세이두가 더는 울지 않을진 몰라도 결코 기분이 나아진 건 아니었다.

　가도 가도 끝이 없는 짙푸른 숲, 드문드문 보이는 작은 마을들과 더불어 하루가 후딱 지나갔다. 하디자와 세이두는 어느새 많이 친해졌다. 하디자는 팔 하나를 등 뒤로 감추고 한 손으로 할 수 있는 걸 알아내는 게임을 제안했다. 세이두는 하디자의 따뜻한 관심에 즐겁게 응했지만 종종 혼자만의 세계로 빠져들었다. 간혹 팔이 있어야 할 빈자리를 손가락으로 더듬어 보는 모습도 보였다. 약은 확실히 도움이 되는 모양인지, 열은 더 이상 나지 않았다. 고통도 덜한 것 같았다.

　어느새 하늘이 어둑어둑해졌다. 뒷문 너머로 밖을 살펴보니 넓은 도로 위로 자동차와 트럭이 쌩쌩 달리고 있었다. 콘크리트 건물이 높게 솟아 있었고, 그 위로 전선이 지나고 있었다. 하디자 말에 따르면 달로아는 아비장보다 작은 도시라는데, 세이두와 내 눈에는 여태껏 본 그 어떤 도시보다도 화려했다.

　주요 도로에서 수십 미터 떨어진 뿌연 거리에 이르자, 벽으로 둘러싸인 산업 단지 앞에 트럭이 멈춰 섰다. 운전석 문이 딸깍하고 열리는 소리가 났지만 시동을 끄지는 않은 채였다. 가르랑거리는 엔진 소리 사이로 우마르 아저씨의 목소리가 들려왔다.

　"휴, 겨우 도착했네. 늦었으니 오늘은 달로아에서 하룻밤 묵어야겠는걸? 이야, 경치가 참 좋구나. 어디 한번 감상해 볼까?"

그 목소리는 크고 분명했다. 나는 절로 미소가 지어졌다. 우리는 음식과 꽉 채운 물병, 약상자를 주섬주섬 챙겼다. 우마르 아저씨의 목소리가 또다시 들려왔다.

"내 트럭에는 카카오 씨앗 말고는 아무것도 없어. 만약 있다면 바로 지금이 밖으로 뛰어내릴 절호의 기회일 텐데. 암, 그렇고말고."

잠시 동안, 여태껏 내가 인생에서 배운 모든 규칙이 적용되지 않는 우주에 살고 있는 듯한 기분이 들었다. 우마르 아저씨…….농장 주인들의 동업자인 이 피스테르는 우리가 도망가도록 놔두었다. 우리를 배신하지 않았다. 나는 이렇듯 말도 안 되게 놀라운 사실 앞에서 고개를 저으며, 세이두와 하디자를 따라 풀쩍 뛰어내린 후 트럭 뒷문을 탁 닫았다.

우리 셋이 트럭 뒤로 멀찍이 물러서자, 우마르 아저씨는 독백을 멈추고 낮게 웃음을 터뜨렸다. 잠시 뒤 트럭 운전석 문이 열렸다 닫히고 엔진의 회전 속도가 빨라졌다. 이윽고 경적이 몇 번 울리더니 트럭이 출발했다. 그건 어쩌면 우마르 아저씨가 우리에게 보내는 작별 인사였지도 모르겠다.

하디자가 말했다.

"잘 곳을 찾아야겠어. 밤에 돌아다니는 건 위험할지도 모르니까. 달로아에서 어디가 안전하고 위험한지는 나도 잘 몰라."

주위를 둘러보니 도로에서 좀 떨어진 곳에 자그마한 관목 숲이 있었다. 일단 그곳으로 기어 들어갔다. 울퉁불퉁한 자갈과 사방에서 공격해 대는 가시 덤불, 무리지어 달려드는 날벌레……. 그 모든 것을 애써 무시하고 있는데, 세이두가 더는 못 참겠는지 징징대기 시작했다.

"집 밖에서 자라고? 말도 안 돼. 오두막에는 폭신한 짚더미도 있었는데……."

하디자와 나는 할 말을 잃고 말았다. 나는 세이두를 뚫어져라 노려보다가 어깨를 잡고 세차게 흔들었다.

"네가 거기를 집이라고 부르는 건 두 번 다시 듣고 싶지 않아! 알아들었어?"

세이두는 겁에 질린 눈으로 나를 쳐다보더니 코를 훌쩍거리면서 고개를 끄덕였다.

얼마 뒤 세이두와 하디자가 잠들고 나서도 나는 한참 동안 잠을 이루지 못했다. 가만히 앉아 세이두의 머리를 쓰다듬고 있자니, 가슴이 미어지는 듯한 통증이 밀려왔다. 세이두가 너무 어릴 때 집을 떠나온 것일까? 세이두한테는 그 농장이 집이었을 수도 있을까? 고향에 도착하면 진짜 집을 알아볼 수나 있으려나?

나는 세이두의 이름을 나직이 불렀다.

"세이두!"

"……으응?"

"아까 너한테 소리 질러서 미안해."

세이두는 잠에 취했는지 알 수 없는 소리를 웅얼거리며 옆으로 돌아누웠다. 달빛 아래에 세이두의 작은 등이 옹송그리고 있었다. 세이두는 다시 깊은 잠에 빠져들어 고르게 숨을 내쉬었다.

"팔이 그렇게 되어서 정말 미안해. 그날, 화가 난다고 너 혼자 뒤서 미안해. 그러지만 않았다면 하디자가 도망치지도, 내가 매를 맞지도 않았겠지."

순간, 울음이 북받쳐 올라왔다.

"그럼 계속 네 곁에 있었을 텐데. 돌봐 주지 못해서 미안해. 정말…… 정말…… 미안해……."

나는 숨을 헐떡이지 않으려고 손으로 입을 틀어막고 눈물을 훔쳤다. 그러나 얼굴에서 손을 떼다가 나를 똑바로 바라보고 있는 세이두와 그만 눈이 마주치고 말았다. 한순간에 눈물이 쏙 들어갔다. 가슴은 여전히 요동쳤지만 아무 소리도 내뱉을 수 없었다. 세이두가 몸을 뒤척이며 일어나 나를 마주 보고 앉았다.

"형 탓이 아냐."

나는 강하게 고개를 내저었다. 세이두가 내 손에다 자신의 조그마한 손을 올려놓았다.

"울지 마."

"내 탓이야! 너도 아니라고는 할 수 없을걸?"

나는 세이두의 손을 뿌리치고 으르렁거렸다. 세이두가 고개를 흔들었다.

"그날 빼고도 다 내 탓이야. 내가 할아버지를 설득하지 않았다면 넌 애초에 집을 떠나오지도 않았을 테니까. 그러니까 지난 이 년간 있었던 일은 전부 다 내 탓이야."

그동안 나를 짓눌러 온 마음의 짐이 어둠 속 옅은 달빛 아래로 우르르 쏟아져 나왔다. 지금까지는 어려서 누구를 탓할 줄도 모르겠지만, 앞으로 차츰 나를 원망하게 될 세이두의 얼굴을 아무렇지도 않은 척하며 태연하게 바라볼 엄두가 나지 않았다.

짧은 순간, 침묵이 흘렀다. 불현듯 세이두가 한 손으로 나를 잡고 세차게 흔들었다. 나는 눈을 동그랗게 뜨고 세이두를 바라보았다.

"우리한테는 나쁜 일이 참 많았어. 고향에서는 가뭄 때문에 먹을 게 없어서 매일같이 사람이 죽어 나갔고, 농장에서는 아침부터 저녁까지 쉬지 않고 일해도 굶거나 맞을 각오를 해야 했어."

나는 세이두의 목소리에 배인 분노에 깊이 공감하며 눈을 껌뻑였다.

"……그런 일이 벌어졌을 때 단지 그 자리에 있었다는 이유만으로 다 형의 잘못이라 할 수는 없어."

무릎을 꿇고 앉아 나를 바라보는 세이두의 근심 가득한 얼굴이 여덟 살보다 훨씬 더 나이가 들어 보였다.

"형이랑 같이 집을 떠나고 싶어 했던 건 나야. 내가 선택한 거라고. 형이 할아버지를 설득하지 않았다면 몰래 따라갔을 거야.

어쨌든 난 그때 배가 고팠으니까. 우린 코트디부아르에 가면 먹을 게 많을 거라고 기대했잖아. 기억나?”

세이두의 얼굴에 흐릿하고 차가운 미소가 스쳤다.

“하와가 한 말 생각나? 코트디부아르에서는 아무 나무에나 금덩이가 주렁주렁 열려 있다고 했지. 난 정말 그 말을 믿었어. 그러니 아무도 날 말릴 수 없었을 거야.”

우리 사촌 하와가 오래전에 해 준 이야기였다. 세이두와 나는 밤마다 누워 초가지붕 틈을 올려다보며 이다음에 커서 어른이 되면 꼭 코트디부아르로 가서 나무에 열린 금을 따 오자고 속닥거렸다.

“내가 농장에 온 건 형 잘못이 아니라는 얘기야. 그러니까 다신 그런 말 하지 마.”

세이두는 다시금 눈을 부릅떴다. 나는 확신 없이 고개를 끄덕였다. 솟구치는 눈물을 가라앉히려 연방 눈을 깜박거리는데, 세이두가 내 어깨를 부드럽게 어루만졌다.

“지난 이 년간 형이 나를 쭉 보살펴 줬잖아.”

내 안의 단단한 무언가가 깨지고 있었다. 세이두의 목소리가 떨려 왔다.

“내가 다칠까 봐 늘 지켜봐 줬잖아. 짓궂은 애들 앞에서도, 농장 주인 앞에서도 형이 단단하게 버티고 있었잖아. 나 대신에 형이 맞고 또 맞았잖아. 내가 더 미안해. 쓸모없는 동생이어서, 더 잘 따르지 못해서 미안해."

"네가 왜 쓸모없어? 내가 삶을 포기하지 않은 유일한 이유가
바로 넌데."

나는 목구멍에 차오르는 울음을 꺽꺽 삼키며 말했다.

"나도 그래."

더 이상은 참을 수가 없어서 아예 바닥에 엎드려 흐느껴 울었
다. 세이두가 하나밖에 없는 팔로 나를 감싸 안았다.

그렇게 얼마나 더 앉아 있었는지 모르겠다. 나는 눈물을 다 비
울 때까지 울고 또 울었다. 어느새 세이두는 내게 기대어 잠이
들었다. 나는 흠뻑 젖은 얼굴로 깨끗한 밤하늘을 마주하고는 바
람이 내 눈물을 말끔히 닦아 내도록 내버려 두었다. 우리는 여전
히 안갯속에 있었지만 마음만은 한결 맑아진 것 같았다.

다음 날, 새벽부터 도로를 따라 정처 없이 걸었다. 잠시 쉬는
사이에 얼마 남지 않은 달걀과 과일을 다 먹어 치웠다.

"이거 갖고는 간에 기별도 안 간다."

하디자가 달걀을 한입에 털어 넣고 한숨을 지었다. 내 주머니
속에 농장 주인 집에서 집어 온 돈 몇 푼이 있긴 했다. 하지만 나
는 시장에서 물건을 사거나 가격 흥정을 해 본 적이 한 번도 없
었다. 우리 고향에서는 주로 여자들이 그 일을 도맡았다.

"하디자, 집에서는 네가 장을 보니?"

"아니. 학교 준비물을 살 때 따라가 보긴 했지만, 직접 장을 본 적은 없어."

세이두가 눈을 동그랗게 뜨고 물었다.

"잠깐, 학교에 다녔다고?"

내가 세이두에게 말했다.

"하디자는 코트디부아르 사람이야. 도시에서 자랐어. 하디자 네 집에 가면 애네 엄마가 훌륭한 의사를 불러 너를 치료해 주실 거래. 또 우리를 말리까지 데려다주실 거고."

"누나가 코트디부아르 사람이라고? 그럼 농장 주인들이랑 같은 사람이란 뜻이야?"

"세이두, 농장 주인들과 같은 나라에서 태어났다고 해서 그 사람과 똑같은 사람인 건 아니야."

하디자가 진심을 담은 목소리로 말했지만, 세이두의 눈에는 어느새 폭풍우가 휘몰아치고 있었다.

나는 재빨리 화제를 되돌렸다.

"그럼 너희 엄마가 장을 봐 오시니?"

"아니."

"그럼, 누가 해?"

"가정부……."

하디자의 목소리는 모깃소리만 해서 겨우 들릴 정도였다. 나는 넋을 잃은 표정으로 하디자를 바라보았다.

하디자는 잠자코 자기 손만 내려다보았다. 침묵이 길어졌다. 드디어 하디자가 나지막이 말했다.

"제발 날 미워하지 마."

나는 고개를 절레절레 흔들었다. 학교를 다니는 삶, 기자인 엄마, 의사라는 꿈, 그것도 모자라서 가정부라니! 이건 또 어떻게 받아들여야 할지……. 그렇다고 하디자가 미운 건 아니었다.

"또 다른 건? 우리한테 얘기 안 한 게 또 있어? 혹시 누나, 하늘도 날 줄 아는 거 아냐? 아니면 혹시 공주님이야?"

세이두의 말에 하디자의 입에서 웃음이 빵 터졌다.

"아냐, 그게 다야. 우리 엄마는 기자고, 난 아비장에서 자랐어. 내 비밀은 그게 다야."

"알았어, 그럼."

세이두가 말했다. 그러자 내가 하디자를 보며 물었다.

"그러니까 너도 시장에 가서 가격 흥정을 할 깜냥은 못 된다는 거지, 응?"

"형! 그 정도는 내가 할 수 있어!"

"뭐라고?"

하디자와 나는 화들짝 놀라서 동시에 세이두를 바라보았다.

"내가 시장에 가서 먹을 것을 사 올게. 고향에서 고모가 장 보러 갈 때 내가 자주 따라가곤 했거든."

"그게 무슨 바보 같은 소리야?"

"형은 툭하면 나를 깔보더라! 나도 잘할 수 있어!"

도로 건너편에서 머리에 주전자를 이고 가던 아주머니들이 우리를 쳐다보았다. 아무래도 세이두의 뭉뚝한 팔과 내 허리춤의 마체테가 시선을 끄는 모양이었다. 나는 목소리를 낮추었다.

"지금 그런 거 갖고 고집 피울 때가 아니야. 넌 아직 환자라고."

"형은 나한테 기회를 준 적도 없으면서 막연히 내가 못할 거라고 생각해. 형이 곁에 없을 때 나도 다른 애들이랑 잘 어울렸잖아. 형한테 먹을 것도 챙겨다 주고."

"그러서? 그럼 내가 없을 때 너한테 무슨 일이 일어났는지 그 팔 좀 봐!"

무심결에 튀어나온 말이었다. 세이두한테 그런 말을 해서는 안 되는데…….

"이 일은 달라. 어쨌든 잘할 수 있어, 형. 나도 돕게 해 줘."

호흡이 거칠어지면 갈비뼈가 들썩이는 게 다 보일 정도로 비쩍 마른 내 동생, 세이두. 녀석의 이마에는 어느새 땀방울이 송골송골 맺혀 있었다. 그러나 눈빛만은 살아서 꿈틀거렸다. 나는 아주 천천히 심호흡을 했다. 세이두가 스스로 많은 일을 하게 되면 정말로 더 강해질 수 있을까?

나는 세이두를 꼭 끌어안고 중얼거렸다.

"좋아. 그럼 나도 동생한테 심부름 좀 시켜 보자."

순간, 세이두의 몸이 느슨하게 풀어졌다.

"고마워, 형."

하디자의 입꼬리가 살짝 올라갔다. 나는 얼른 자세를 바로 하고 세이두의 머리를 쓰다듬었다.

"고마워할 거 없어. 귀찮은 일을 시키는 거뿐이니까."

세이두가 피이, 하고 코웃음을 쳤다.

우리는 달로아 중앙 시장으로 갔다. 세이두가 장을 보는 동안, 하디자와 나는 거리를 두고 천천히 뒤따라갔다.

세이두를 위아래로 훑어보는 사람들의 표정에는 경계심과 동정심이 뒤섞여 있었다. 삐쩍 마른 몸에 한쪽 소매가 짧은 옷을 걸치고 반토막 난 팔에 더러운 붕대를 감고 있는 아이…… 거지도 저런 상거지가 있을까? 사람들의 속마음이 내 귀에까지 들리는 것 같았다.

세이두는 먼저 여자 상인에게 다가갔다. 아주머니는 수레에 구부정하게 기대어 다른 상인과 수다를 떨고 있었다. 큰 키에 떡 벌어진 어깨, 날카로운 눈매, 거기다 목소리는 기차 화통을 삶아 먹은 듯 우렁찬 게 나라면 절대로 고르지 않았을 상대였다.

세이두가 공손하게 말을 걸었다.

"안녕하세요? 아주머니는 뭘 파시나요?"

"삶은 달걀이랑 옥수수를 팔지. 저리 가라, 거지야. 난 적선 같은 거 안 한다."

아주머니는 세이두를 흘긋 쳐다보더니 못마땅한 얼굴로 대꾸했다. 그 소리를 듣고 단박에 뛰어가려는 나를 하디자의 손길이 거세게 막았다.

"전 거지가 아니라 손님인데요!"

세이두가 미소 띤 얼굴로 명랑하게 말했다. 그딴 식의 말을 듣고도 어떻게 저런 반응을 보일 수가 있지?

"고모가 장을 봐 오라고 심부름을 시키셨는데요. 점심을 사 먹어도 된다고 하셨어요. 달걀 세 개에 얼마예요?"

"혼자서 달걀을 세 개나 다 먹겠다고? 아니, 그렇게 먹어 대는 데도 어쩜 이렇게 비쩍 말랐을까?"

아주머니가 소리 내어 웃으며 무심하게 지껄였다.

"세 개 다 먹고 나면 살이 좀 오를지도 모르죠, 뭐."

세이두가 너스레를 떨었다. 순간, 심드렁한 얼굴로 이 장면을 지켜보던 사람들의 시선이 조금 부드러워지는 듯했다.

아주머니는 마지못한 얼굴로 달걀 가격을 알려 주었다. 그런데 터무니없이 값이 비쌌다. 우리가 가진 돈의 3분의 1에 해당하는 데다, 내가 예상한 값보다 훨씬 더 높았다. 세이두는 어이없게도 아주머니에게 돈을 아예 통째로 맡기고서 조심스레 달걀을 챙겨 들었다. 나라면 낯선 사람에게 돈을 깡그리 맡기지는 않았을 것이다.

세이두는 한 손으로 양쪽 바지 주머니에 달걀 세 개를 나누어 담느라 안간힘을 썼다. 그것이 색다른 눈요깃거리로 여겨졌는지, 주위에 있던 사람들이 하던 일을 멈추고 세이두를 바라보았다.

내 동생에게 시선이 집중되자 나는 괜스레 초조해졌다. 달걀을 주머니에 무사히 챙겨 넣은 세이두는 거스름돈을 받아 들고 아주머니에게 공손히 인사를 건네었다.

그런 다음 돌아서서 한 번 씩 웃더니, 길바닥에 앉아 볶은 땅콩을 팔고 있는 인자한 인상의 아주머니에게로 다가갔다. 세이두는 무릎을 꿇고 앉아 아주머니와 눈높이를 맞추며 대화를 하기 시작했다.

"네 동생, 진짜 똑똑하다. 아주 제법인걸."

하디자가 속삭였다. 나는 태평하게 그런 소리를 지껄이는 하디자가 못마땅해서 대뜸 쏘아붙였다.

"장난하냐? 방금 저 마녀한테 바가지를 잔뜩 쓴 거 못 봤어?"

그러자 하디자가 눈을 동그랗게 뜨고 말했다.

"무슨 소리야? 쟤가 왜 그랬는지 모르겠어? 세이두는 거지가 아니라 돈이 있다는 걸 주변 사람들이 들을 수 있게 일부러 목소리가 크고 인색한 사람을 고른 거야. 그런 다음에 무리해서 가격을 깎지 않고 값을 잘 치러 준 거지. 아주머니에게 돈을 맡긴 건, 자기는 마음이 열려 있는 사람이란 걸 보여 준 거고. 그러는 내내 미소를 잃지 않고 깍듯이 행동했잖아. 세이두가 주머니에다 달걀을 넣으려고 안간힘을 쓸 때 사람들의 표정이 한결 부드러워진 것 못 봤어? 비록 달걀은 비싼 값에 샀지만 이다음부터는 그렇지 않을걸. 시장 안에 있는 사람들을 단번에 제 편으로 만들었으니까."

삼십 분이 채 지나지 않아, 세이두의 하나뿐인 팔에는 볶은 땅콩 한 봉지와 따끈따끈한 군옥수수 세 개, 작은 파파야 한 개, 사탕수수 한 개가 들려 있었다. 그리고 주머니에서는 거스름돈으로 받은 동전들이 짤랑거렸다. 하디자가 내게 '거봐!' 하는 눈빛을 던졌다. 나는 머쓱해져서 괜스레 어깨를 으쓱였다.

군옥수수와 볶은 땅콩을 배불리 먹은 뒤, 우리는 그늘에 앉아 사탕수수를 쪽쪽 빨아 먹었다. 달걀은 나중에 먹으려고 세이두의 주머니에 잘 챙겨 놓았다. 나는 세이두의 어깨를 다정하게 두드려 주었다.

"대단하구나, 세이두."

세이두는 잔뜩 지쳐 보였지만 활짝 웃음을 지었다. 이제 조금이나마 내 동생으로 다시 돌아온 것 같았다. 결국 하디자의 말이 맞았나 보다.

나는 자리에서 일어난 뒤 하디자와 세이두도 일으켜 세웠다. 배가 불러 한없이 행복한 지금, 얼마만이라도 걸어 두어야 했다. 먹을 게 다 사라지고 나면 잠만 자고 싶어질 테니까.

"잠깐, 출발하기 전에 붕대를 갈자."

하디자가 말했다. 하디자는 방금 사 온 파파야를 얇게 썰어 세이두의 팔꿈치에 댄 다음, 마지막 남은 붕대로 상처를 꼼꼼히 싸맸다.

우리는 남쪽으로 걸어야 한다는 사실 말고는 아는 게 아무것도 없었다. 하지만 나는 자신 있게 앞장을 섰고, 두 사람은 군말 없이 잘 따라왔다.

한참을 걷다 보니, 어느새 달로아를 벗어나 거대한 산업 단지에 들어서 있었다. 그때 낯익은 트럭이 눈에 들어왔다.

"저거 우마르 아저씨 트럭 아냐?"

어떤 건물에서 이중 차단 문이 열리자, 고물 트럭 한 대가 골골거리며 안으로 들어갔다.

"맞는 거 같아."

잠이 부족해서일까? 아니면 사탕수수의 단맛 때문일까? 문득 문 안쪽에서 무슨 일이 벌어지고 있는지 궁금해졌다. 슬쩍 훔쳐볼까? 나는 허리를 굽혀 세이두와 눈높이를 맞추고는 씩 웃었다.

"우리가 수확한 카카오 씨앗이 어떻게 되는지 알고 싶어?"

"응."

세이두가 고개를 끄덕였다.

우리는 후다닥 뛰어서 길을 가로지른 뒤 그 문 앞으로 갔다. 그러고는 아침 햇빛에 따뜻하게 달궈진 콘크리트 벽에 몸을 기댄 채 차단문 너머로 펼쳐지는 광경을 훔쳐보았다.

그곳에는 양철 지붕을 올린 가건물이 줄지어 늘어서 있었다.

가건물 안쪽에는 터질 듯이 볼록한 카카오 자루가 천장까지 차곡차곡 쌓여 있었다. 우마르 아저씨의 트럭은 가건물 앞마당에 주차되어 있었는데, 남자 일꾼 여러 명이 트럭에서 내린 카카오 자루를 평평한 금속판 위에 하나씩 올리고 있었다.

"저게 저울인 모양이야."

내 옆에서 하디자가 작게 말했다.

어쩐지 기분이 이상했다. 나는 카카오 씨앗이 농장을 떠나고 나서 어떻게 되는지 한 번도 궁금해 본 적이 없었다. 하루하루를 무사히 보내는 것만이 관심사였기 때문이다. 그런데 저렇게 많은 카카오 자루를 보고 있자니, 물음표가 절로 머릿속을 가득 메웠다. 저렇게나 많은 카카오 씨앗을 어디에 쓰는 것일까?

이윽고 우마르 아저씨의 트럭 짐칸이 텅 비었다. 아저씨는 휘파람을 불며 운전석에 오르더니, 가벼워진 트럭을 몰고 차단문을 다시 빠져나갔다. 세이두는 트럭 뒤꽁무니에 대고 손을 흔들었다.

"이제 갈까?"

나는 재빠르게 길을 건넜다. 세이두가 뒤따르며 소곤거렸다.

"근데 형, 뭘 하는데 저게 저렇듯 많이 필요한 거야?"

"나도 몰라. 어쨌든 더는 여기에서 얼쩡거리면 안 될 것 같아."

여기 있는 사람들은 어떤 식으로든 농장 주인들과 연결되어 있을 터였다. 그 사실이 떠오르자, 살갗 위로 벌레가 기어 다니는 것처럼 섬뜩한 기분이 들었다. 그런데 하디자는 아직 그 자리에 우두커니 서 있었다.

"하디자! 어서 와! 이제 그만 가자!"

"응?"

하디자가 몸을 반쯤 돌려 나를 쳐다보았다.

"가자고!"

"잠깐만, 금방 올게……. 기다려 줘!"

하디자는 내가 말리기도 전에 살짝 열린 차단문 틈새로 쏜살같이 달려 들어갔다.

"하디자 누나!"

"저런 멍청이! 어휴, 미치고 팔짝 뛰겠네!"

나는 머리카락을 쥐어뜯다가, 세이두의 손을 잡고서 건물과 건물 사이의 좁은 골목으로 부리나케 달려가 몸을 숨겼다.

"형! 잠깐만. 하디자 누나를 두고 가려는 건 아니지, 그치?"

만약 하디자가 여기서 잡힌다면 우리도 어쩔 도리가 없었다. 하지만 나는 그런 속마음을 감추고서 짐짓 태연하게 대꾸했다.

"응, 위험에 빠진 하디자를 도와주려면 우리라도 안전하게 숨어 있어야지."

바위에 붙은 도마뱀처럼 담벼락 뒤에 숨어서 숨을 죽이고 있다가 살그머니 고개를 내밀어 밖을 살펴보았다. 하디자는 카카오 자루를 쌓고 있는 아저씨에게 다가가 말을 걸고 있었다. 하디자가 그 아저씨에게 머리끄덩이를 휘어잡힐 순간을 상상하자, 금세라도 심장이 목구멍 밖으로 뛰쳐나올 것만 같았다. 그러나 몇 분 뒤, 하디자는 안전하게 차단문 밖으로 뛰어나왔다.

세이두가 하디자를 향해 소리쳤다.

"누나!"

하디자가 우리 쪽으로 허둥지둥 달려왔다.

"저기서 기다리고 있으라니까 왜 여기로 와 있어? 호기심 많은 이 고장 아이인 척하고 여기가 뭐 하는 곳인지 캐물어 봤어. 여기는 카카오 씨앗의 무게를 재는 곳이래. 무게를 잰 카카오 씨앗은 배에 실려 멀리로 팔려 간대."

하디자는 잔뜩 들떠서 말을 쏟아 냈지만, 나는 무슨 말을 하는지 전혀 감을 잡을 수가 없었다.

"그리고 여긴 상페드로야!"

하디자가 꾀죄죄한 푸른색 원피스를 나풀거리며 팔짝팔짝 뛰었다.

"······근데?"

나는 어리둥절한 표정으로 되물었다.

"벌써 잊은 거야? 상페드로는 내가 엄마를 마지막으로 본 장소야. 어쩌면 엄마가 아직 이 도시에 계실지도 몰라. 카카오를 실어 나르는 대형 트럭에 올라타면 우리 집이 있던 해안가로 갈 수 있을 거야. 걷지 않고도 말이야. 어때?"

"저 트럭에? 들키지 않을 자신 있어?"

나는 눈을 동그랗게 뜨고 물었다.

건물 앞에서 몇 시간이나 서성거렸지만 뾰족한 수가 떠오르지 않았다. 트럭들은 지붕이 뚫린 거대한 상자 같았다. 카카오 자루를 잔뜩 싣고 나면 지붕에 천으로 된 덮개를 씌웠다. 정문을 빠져나온 트럭들은 도로를 따라 비틀비틀 힘겹게 움직였다. 나는 한숨을 내쉬며 말했다.

"짐을 싣는 동안 저 트럭에 올라탈 방법은 없어 보이는데?"

일꾼들이 대형 트럭에 카카오 자루를 차곡차곡 쌓아 올리는 동안, 클립보드를 손에 들고 다니며 감시하는 감독관이 있었다. 아무리 봐도 사방에 눈이 너무 많았다.

하디자가 말했다.

"그럼 트럭이 움직이는 동안은 어떨까……?"

"안 돼. 우마르 아저씨 트럭과는 차원이 달라. 훨씬 큰 데다가 뒷문이 굳게 잠겨 있잖아."

"저번처럼 트럭이 달리는 길에 장애물을 설치하면……."

세이두의 말에 하디자가 고개를 내저었다.

"이번에는 통하지 않을 거야. 도로를 지나는 차들이 많으니, 급한 사람이 먼저 치워 버릴 거야."

그때 덜커덕거리며 시야에서 멀어지는 트럭을 바라보다가 기발한 생각이 떠올랐다. 트럭이 지나갈 때마다 가로수에서 나뭇잎이 우수수 떨어져 내렸다. 그렇다면…….

"애들아……, 나무 위에서 트럭으로 뛰어내리는 건 어떨까?"

말을 하면서도 어쩐지 내가 바보가 된 듯한 기분이 들었다. 그렇거나 말거나, 하디자와 세이두는 내 의견에 기꺼이 찬성했다.

우리는 곧 그곳에서 2킬로미터가량 떨어져 있는 나무 위로 올라갔다. 나는 잔뜩 긴장한 채 아랫입술을 잘근잘근 씹었다.

계획은 단순했다. 우리 밑으로 트럭이 지나가는 순간, 잽싸게 뛰어내린 뒤 덮개가 열려 있는 뒤쪽을 통해 짐칸으로 들어가는 것이었다.

첫 번째 나무에는 하디자가, 두 번째 나무에는 내가 세이두를 업고서 대기하고 있었다. 만약 하디자가 뛰어내리는 데 실패하면 나와 세이두 역시 뛰어내리지 않을 작정이었다. 물론 하디자가 성공하면 우리도 얼른 따라 뛰어내리기로 했다.

세이두는 한쪽 팔로 내 목을 숨이 막히도록 졸라 댔다. 나는 셔츠를 벗어 마체테 칼날을 둘러 감았다. 칼날에 다칠 경우를 대비해서였다. 세이두의 열 때문인지, 내가 긴장한 탓인지, 아니면 셔츠를 입지 않아서인지는 몰라도, 땀방울이 비 오듯 등줄기를 타고 줄줄 흘러내렸다.

벌써 두 번이나 실패했다. 처음에는 하디자가 너무 긴장해서 뛰어내리지 못했다. 두 번째에는 하도 늦게 뛰어내리는 바람에 바로 땅으로 고꾸라졌다. 깜짝 놀라서 그쪽으로 달려가 보니, 하디자는 흐리멍덩한 표정으로 흙먼지를 뒤집어쓴 채 누워 있었다. 길가로 끌어내 다친 곳은 없는지 꼼꼼히 살펴보았다. 다행히 팔을 살짝 삐었을 뿐 크게 다치지는 않았다.

이제 세 번째 시도였다. 저 멀리에서 트럭이 다가오고 있었다. 가까워질수록 트럭의 몸집도 불어나는 것 같아서 마른침이 절로 넘어갔다. 나는 숨을 죽이고 손에 힘을 주었다. 나뭇가지를 어찌나 세게 잡았는지, 나무껍질이 손바닥을 따끔따끔 찔렀다.

트럭이 첫 번째 나무 밑을 지나가려는 찰나, 나는 마음속으로 간절히 외쳤다. 제발 제때 뛰어내려!

하디자가 가느다란 팔다리를 허우적대며 나무에서 뛰어내렸다. 심장이 멎는 것만 같은 그 순간, 하디자는 깊은 침대 속으로 빨려들듯 트럭 덮개 위로 정확히 떨어졌다. 이제 트럭은 붕 하는 소리와 함께 한층 속도를 내어 우리가 있는 두 번째 나무로 달려오고 있었다.

순간, 공포심이 나를 덮쳐 왔다. 만약 땅으로 곤두박질치면 어떡하지? 혹시라도 목이 부러지면? 잘못 떨어져서 세이두를 깔아뭉개면? 정말이지 재수 없게도 우리 위로 트럭 바퀴가 지나가면? 별의별 생각이 머릿속을 휘저어 대자, 심장이 터질 듯이 방망이질을 해 댔다.

"뛰어, 형!"

내 등에 찰싹 달라붙어 있던 세이두가 내 귀에 대고 외쳤다.

나는 손에 쥔 나뭇가지를 놓기 위해 모든 용기를 끌어모았다. 하지만 트럭 앞머리가 우리 밑을 지나가는 바로 그 순간에도, 여전히 내 몸은 말을 듣지 않았다. 그때 공포에 질린 하디자의 눈빛을 보았다. 나는 숨을 멈춘 채 허공으로 풀쩍 뛰어들었다.

우리는 트럭 꽁무니를 아슬아슬하게 스치며 짐칸으로 떨어졌다. 몸은 와들와들 떨려 왔고, 숨은 미친 듯이 헐떡거렸다. 그대로 카카오 자루 위에 대자로 드러누워 덮개가 바람결에 펑펑 울려 대는 소리를 듣고 있었다.

"보기보다 쉽지 않아, 그치?"

하디자의 말에 나는 와락 웃음을 터뜨렸다. 어쨌든 성공이다!

"그래, 절대 쉽지 않아."

"너희가 뛰어내리지 못하면 내가 다시 트럭 밖으로 뛰어내릴 생각이었어."

하디자의 저 말이 진심일까? 내가 그 말을 믿지 못하겠다는 듯한 표정을 짓자, 하디자는 이맛살을 찌푸리며 강조했다.

"뭐……, 세 번째만은 실패하고 싶지 않았으니까!"

"성공해서 천만다행이네."

하디자와 세이두는 오랜만에 활짝 웃었다.

우리는 자루 위에 걸터앉은 채 계란 껍데기를 까서 트럭 밖으로 툭툭 튕겨 냈다. 그리고 보니 농장을 나온 지 벌써 이틀째였다. 온몸이 쑤시고 아팠지만 그만한 가치가 있는 선택이었던 것 같다. 그런 생각에 빠져 있다가 스르르 잠에 빠져들었다. 깜빡 졸았다고 생각했는데, 눈을 떴을 때는 어느새 밖이 어두컴컴해져 있었다.

좁은 문틈으로 내다보니 번화가 한복판을 지나고 있었다. 도로는 자동차와 택시가 뒤엉켜 빵빵거리고, 인도는 사람들로 붐볐다. 가로등은 일정한 간격으로 반짝거리며 휙휙 지나갔고, 상가에서는 음악 소리가 요란하게 흘러나왔다.

나는 곤히 잠들어 있는 하디자를 조용히 흔들어 깨웠다.

"도시 한복판이야. 종착지에 도착하기 전에 우리가 먼저 내려야 해."

하디자가 밖을 살피더니 근심이 가득한 목소리로 말했다.

"아마두, 밤이 너무 깊었어. 내가 납치당한 것도 밤이었는데……. 그래서인지 너무 무서워."

나는 고개를 끄덕였다. 나는 나대로 이 어마어마한 도시에서 작고 보잘것없는 존재가 되어 길을 잃은 듯한 느낌이 들었다.

"근데 이 트럭은 어디에서 서?"

"응? 그건 나도 모르지."

"뭐? 아까 그거 알아본 거 아니었어?"

"어……. 응, 그런 얘기는 못 들었어."

우리는 한동안 서로의 얼굴만 물끄러미 바라보았다. 마침내 하디자가 입을 열었다.

"결국은 뛰어내리는 수밖에 없겠는데?"

바로 그때, 트럭이 멈춰 서더니 빵빵거리며 경적을 울렸다. 나는 외쳤다.

"지금이야! 빨리 나가야 해!"

내가 허둥거리며 세이두에게 다가가고 있을 때 하디자가 다급히 물었다.

"잠깐만, 약상자 어디에다 뒀어?"

"세이두! 세이두, 일어나!"

세이두는 잠이 덜 깨 동작이 굼떴다.

"자, 나랑 같이 뛰어내리자. 지금 뛰어내려야 돼."

나는 세이두를 뒷문으로 데려간 뒤 작게 소리쳤다.

"하디자!"

"못 찾겠어! 약상자 말이야! 어딘가에 떨어뜨렸나 봐!"

그 말을 듣는 순간, 가슴이 철렁 내려앉았다. 앞으로 얼마나 더 떠돌아다녀야 할지 모르는데……. 이대로 약을 포기할 수는 없었다.

"아, 여기! 찾았다!"

하디자가 한참 만에 약상자를 찾아냈다. 그때 세이두가 위를 올려다보며 낮게 읊조렸다.

"이미 늦었어……."

그새 트럭이 거대한 벽을 통과하고 있었다. 재빨리 문틈으로 밖을 내다보니, 제복을 입은 남자들이 우리 뒤로 육중한 철문을 닫고 있었다. 여기가 어디든 우리는 꼼짝없이 독 안에 든 쥐 꼴이 되고 말았다.

"여기가 어디야? 공기 맛이 왜 이렇지?"

공기에서 톡 쏘는 짠맛이 났다. 나는 어깨를 으쓱였다.

하디자가 말했다.

"바닷가 근처에 온 게 분명해."

"바닷가?"

세이두가 어리둥절한 표정을 짓자, 하디자가 어떻게 바다를 모를 수 있냐는 듯이 눈을 갸름하게 뜨고 나를 쳐다보았다. 나는 발끈해서 세이두를 다그쳤다.

"소금이 들어 있는 아주 큰 호수. 강에서는 한 번도 본 적 없는 수많은 물고기들이 살고 있다고 하잖아. 기억 안 나? 할아버지 가 얘기해 주셨는데."

도시에 있는 사립 학교에 다니지 않는다고 해서 아무것도 모르는 건 아니었다.

밖에는 우리가 탄 트럭보다도 더 큰 컨테이너 박스가 줄지어 서 있었다. 마치 덫에 걸린 기분이 들었다. 저것들이 사방팔방 끝도 없이 이어져 있는 이 미로 속에서 우리는 과연 무사히 빠져 나갈 수 있을까? 적어도 트럭에서 짐을 내릴 때 발견되는 일만은 피해야 했다.

"여기서 어서 빠져나가야 해."

다행히 트럭은 철문을 통과한 뒤 속도를 바짝 줄인 상태였다. 먼저 하디자가 트럭 뒷문에 매달렸다. 나는 하디자의 팔뚝을 꽉 붙들고 그 애의 발이 발판에 닿도록 천천히 몸을 숙였다. 곧 하디자가 바닥으로 안전하게 뛰어내렸다. 그다음은 세이두 차례였다. 나는 세이두의 발이 발판에 닿을 때까지 몸을 기울였다. 그리고 하디자가 바깥에서 세이두의 다리를 두 팔로 감싸 안았다. 그렇게 해서 세이두 역시 안전하게 트럭을 빠져나갔다.

나는 위에서 잡아 줄 사람이 없었기에 혼자서 트럭 뒷문에 매달려 있다가 땅으로 풀쩍 뛰어내렸다. 머리가 띵할 정도로 큰 충격이 온몸을 휘감았다. 하지만 곧 새로운 트럭이 들어왔기에 엄살을 부릴 여유가 없었다. 우리는 잽싸게 어둠 속으로 달려가 몸을 숨겼다.

추위와 두려움으로 몸이 와들와들 떨려 왔다. 멀찌감치 보이는 거대한 철문은 굳게 닫혀 있었고, 경비원이 그 앞을 수시로 지나다녔다. 양옆으로 버티고 서 있는 콘크리트 담장 위에는 가시철조망이 둘러져 있어 타고 넘어갈 엄두조차 낼 수가 없었다.

"이제 어쩌지? 벽을 타고 오를 순 없겠는데……."

하디자가 겨우 한마디 내뱉었다. 그때 세이두가 중얼거렸다.

"트럭이 나갈 때 따라나가는 건 어때?"

나는 멍청한 소리라고 면박을 주려다가 곰곰이 곱씹어 보고는 하디자에게 물었다.

"우리가 타고 온 트럭도 곧 짐을 내리겠지?"

"그렇지. 그 트럭이 여기를 나갈 때 문을 열 거고."

하디자와 내가 자기 의견에 솔깃해하자, 세이두가 한껏 신이 나서 말했다.

"문이 열리면 잽싸게 뛰어나가는 거야."

"나쁘지 않은 계획이야."

하디자가 세이두에게 생긋 웃어 보였다. 나도 맞장구를 쳤다.

"좋아. 문이 열릴 때까지 기다려 보자."

시간이 얼마나 지났을까? 꾸벅꾸벅 졸고 있다가 거대한 경첩이 끼익거리는 소리를 듣고 눈을 번쩍 떴다. 문을 열 준비를 하려는 걸까? 우리는 문 가까이로 재빨리 다가갔다. 세이두는 잠이 덜 깨 자꾸만 무릎이 꺾였다.

"전속력으로 뛰어야 해. 할 수 있겠어?"

"응."

나는 세이두의 뒷목을 쓰다듬어 주었다. 이윽고 문이 열리더니 트럭 한 대가 안으로 들어왔다.

"지금이야!"

나는 내 뒤를 쫓는 하디자와 세이두의 발소리를 들으며 냅다 달려 나갔다. 그때 경비원들이 우리를 보고 소리를 빽 질렀다.

한 명은 허둥지둥 철문을 밀어 닫으려 했고, 다른 한 명은 아직 반쯤 열린 문 앞에서 두 팔을 벌린 채 길을 가로막았다. 우리 중 누군가는 멀쩡한 정신으로 이런 상황을 예상했어야 했는데…… 이제 와서 후회한들 무슨 소용이 있을까? 선택의 여지가 없었다.

"하디자, 세이두를 꼭 의사에게 데려가 줘!"

나는 길을 막아선 경비원을 향해 전속력으로 돌진했다. 그러고는 그대로 부딪혀 바닥으로 나동그라져 버렸다.

두 쌍의 발목이 어둠 속을 달려 사라졌다. 그 모습을 보고 기뻐하는 것도 잠시, 덩치 큰 경비원이 달려와 내 두 손을 등 뒤로 젖혀 붙잡고 일으켜 세웠다. 나와 부딪혀 바닥으로 나동그라져 있던 경비원은 자리에서 몸을 일으키더니 무서운 기세로 내게 달려들어 따귀를 후려갈겼다. 툭 튀어나온 눈에 뼈만 앙상한 목 때문인지, 꼭 닭과 개구리 사이에서 태어난 교배종처럼 보였다.

내 뒤편에 선 경비원이 개구리 얼굴을 향해 낮고 느린 목소리로 꾸짖었다. 프랑스어였기 때문에 무슨 뜻인지는 알 길이 없었다. 개구리 얼굴은 손찌검을 멈추고 커다란 철문을 닫은 다음 자물쇠를 채웠다. 딸깍하는 자물쇠 소리에 가슴이 옥죄어 왔다.

그런데 그때 별안간 등 뒤에서 밤바라어가 들려왔다.

"너, 여기서 뭐 하고 있었어?"

나는 대답 없이 두 눈만 부릅떴다.

"삼촌 말에 얼른 대답해, 이 들쥐 같은 새끼야. 여기서 뭐 했냐고?"

개구리 얼굴이 또다시 내게 따귀를 올려붙였다. 입안에서 비릿한 피 맛이 느껴졌다.

삼촌이라는 사람이 다시 말했다.

"그만 때려."

"왜요? 첩자일 수도 있는데!"

박치기를 하고 냅다 뛸까? 아니면 지금이라도 마체테를 뽑을까? 그러다 개구리 얼굴이 허리띠에 찬 총을 손으로 만지작거리는 것을 보고는 얼른 마음을 바꾸었다. 총알보다 빨리 뛸 수는 없으니까.

"첩자라고? 텔레비전을 너무 많이 본 거 아냐? 애 꼴 좀 봐라. 들개처럼 깡말랐지, 손발은 돌같이 딱딱하지. 게다가 프랑스어는 할 줄도 몰라. 얜 보나 마나 북쪽에서 온 가난한 일꾼이야."

"그래도 여기 왜 숨어 있었는지, 그 이유는 알아내야죠."

그러자 나를 억세게 쥐고 있던 손이 내 몸을 돌려 세웠다. 삼촌이란 아저씨는 얼굴이 다부지고 올차 보였다. 그는 내 눈을 들여다보며 말했다.

"널 놔주고 싶기는 하다만, 그 전에 여기서 뭘 했는지 알아야 할 것 같다. 어서 말해 봐."

저 말이 진심일까? 순간, 우마르 아저씨가 떠올랐다. 누군가를 신뢰한다는 건 정말 꺼림칙한 일이다. 하지만 나는 언제인가부터 하디자를 신뢰하고 있었다. 그다음에는 우마르 아저씨를 신뢰했다. 또 한 번 사람을 믿어 봐도 될까……?

나는 할 수 있는 한 가장 정직한 표정을 지어 보였다.

"걷는 게 하도 힘들어서 트럭에 올라탔어요. 그러다 잠이 들었고 철문이 닫히는 소리에 놀라 깼지요. 트럭에서는 겨우겨우 나왔지만, 철문 밖으로 나갈 방법을 모르겠더라고요. 그래서 그냥 문이 열릴 때를 기다렸어요. 트럭이 들어올 때 문이 열리면 빠져나가려고요."

"그렇게 떳떳한데 왜 걷지 않고 뛰었냐?"

개구리 얼굴이 따져 물었다.

"떳떳한 일은 아니었으니까요. 어쨌든 트럭에 무임승차를 했잖아요. 적어도 동생들은 내보내야겠다 싶어서 급한 마음에 일단 아저씨에게 달려들었어요."

"어디서 왔냐?"

"만 외곽의 작은 마을이요."

물론 이건 거짓말이었다. 그곳은 카카오 농장이 있는 지역이었다. 내가 자신들과 같은 코트디부아르 사람이지만, 시골 출신이라 프랑스어를 못하는 거라고 생각하기를 바랐다. 외국인 노동자에겐 후할 턱이 없으니까.

"상페드로에는 왜 왔지?"

"만날 사람이 있어요……. 고모?"

목소리가 나를 배신했다. 말끝이 절로 올라가 버렸다. 괜찮아. 그래도 농장에서 도망쳤다는 말은 하지 않았으니까.

"너, 왜 말을 똑바로 못해?"

개구리 얼굴이 고래고래 소리를 질렀다. 그때 삼촌이란 아저씨가 내 팔뚝을 들여다보며 낮은 목소리로 물었다.

"그나저나 상처가 굉장히 많네. 너, 혹시 농장 일꾼이냐?"

맞다. 내 팔에는 도저히 숨길 수 없는 상처들이 무수히 있었다. 나는 정신이 아찔해졌다.

"아뇨! 어……, 우리 삼촌이 만 근처에 있는 농장에서 일해 보지 않겠느냐고 해서 갔는데 삼촌은……, 인내심이 별로 없는 사람이라……, 고모랑 같이 살려고 도망쳐 나왔어요."

우리는 잠시 동안 서로를 말없이 응시했다. 아, 그는 내가 거짓말을 하고 있다는 걸 알고 있었다……. 나는 연륜이 느껴지는 그 눈길 앞에 무너지지 않으려고 안간힘을 썼다. 하지만 놀랍게도 내 팔을 쥐고 있던 그의 손가락에 힘이 스르르 풀렸다.

"나도 한때 그런 삼촌 같은 자와 함께 지냈지."

삼촌이란 아저씨는 다정한 목소리로 말하더니 셔츠 소매를 접어 올렸다. 까무잡잡한 팔에는 거미줄처럼 얽힌 흉터와 화상 자국이 군데군데 남아 있었다. 한때 카카오 농장에서 일했던 손이었다. 그는 자물쇠를 풀더니, 문을 딱 어깨너비만큼만 열고서 말했다.

"네 갈 길을 가렴. 하지만 경고하는데, 다시는 여기에 오지 않는 게 좋아. 다음번에는 주저 없이 경찰에 넘길 테니까."

나는 손가락 사이로 빠져나가는 물고기처럼 재빨리 문틈을 지나 밖으로 나섰다. 뒤를 돌아보니 안에서 가느다란 빛이 흘러나오고 있었다. 나는 그들이 마음을 바꾸기 전에 어서 빨리 도망쳐야 한다는 걸 알면서도 그 자리에서 머뭇거렸다. 고맙다는 말을 거의 해 보지 못한 혀와 힘겨운 사투를 벌이고 있는 중이었다.

"고……맙습니다!"

"조심하거라."

서서히 닫히는 문 너머로 포근한 목소리가 들리더니 철커덕하는 자물쇠 소리가 공기 중으로 울려 퍼졌다. 얼이 빠진 채 서 있던 나는 얼른 정신을 차리고 서둘러 발길을 옮겼다.

몇 미터 못 가, 갑자기 두 형체가 내게로 획 달려들었다.

"혀엉!"

"무사해서 정말 다행이야."

"헉! 나 숨 막혀!"

양팔로 내 목을 얼싸안았던 하디자가 한 발짝 물러서서 활짝 웃었다. 그때 내 허리에 이끼처럼 달라붙은 세이두가 말했다.

"우린……, 다시 들어가서 형을 구해야 할지, 일단 여길 떠나서 도움을 구해야 할지 고민하고 있었어. 만약 형이 빠져나왔는데 우리가 가 버려서 놀랄까 봐 이러지도 저러지도 못하고 있었는데…….”

나도 모르게 실실 웃음이 새어 나왔다.

“기다려 줘서 고마워. 무슨 일이 더 생기기 전에 빨리 여길 나가자.”

우리는 거의 한 시간 동안이나 밤거리를 헤매고 다녔다. 그사이에 의기양양해진 하디자는 밤에 대한 두려움 따위는 싹 잊어버린 듯했다.

“좀 쉬었다 가면 안 돼?”

세이두가 내게 기대며 말했다. 하디자는 한숨을 내쉬었다.

“알았어, 그럼 그렇게 해.”

나는 좀 떨어진 곳에 있는 공터를 턱으로 가리켰다.

“저긴 어때?”

“뱀 아니면 약장사들이 숨어 있을 것 같은데? 깨진 유리도 잔뜩 있고.”

하디자가 말했다. 풀이 무성한 덤불숲이었다. 뱀은 해가 나야 나올 테고, 세이두와 나는 신발이 필요 없을 정도로 발에 굳은 살이 박여 있었다. 거기에 약장사라면……. 대체 뭐가 문제란 거지?

"약장사? 항생제를 파는 사람 말이야?"

하디자는 도저히 눈 뜨고는 볼 수 없는 흉물스러운 종기를 보기라도 한 듯 나를 향해 인상을 찌푸렸다.

"아니, 불법 약물을 파는 사람 말이야. 그런 사람들에게 잘못 걸려들었다가는 목숨이 달아날걸?"

"그럼 네가 골라. 도로가, 부두, 아니면 여기……. 이 중 어디가 제일 안전할 거 같아? 백 퍼센트 만족스러울 리는 없겠지만 일단 잠을 자 두는 편이 좋을 것 같은데?"

하디자는 주춤주춤 뒤로 물러섰다.

"왜 그래? 도시에 오니까 공주님의 본성이 막 되살아나? 우리 살쾡이가 겁을 다 먹었네!"

이 말은 꽤 효과가 있었다. 듣기가 거북했던지, 겁먹은 소녀는 단박에 자취를 감추었다. 하디자가 나를 매섭게 노려보았다.

"난 분명히 경고했다. 후회하지 마. 좋아! 한 명씩 마체테를 들고 보초를 서기로 해. 누가 오면 바로 도망치게."

"아이고, 망상이 심하시네. 뭐, 좋아. 그래야 안심이 된다면 그렇게 해."

나는 허리띠에서 마체테를 뽑아 길게 자란 풀을 헤치고 그 너머의 공터를 가리켰다.

"자, 뱀이 우글거리고 깨진 유리가 널려 있고……. 그리고 약장사들의 천국인 저곳이 널 기다리고 있어."

하디자는 불만스러운 듯 쿵쿵거리며 공터로 앞장섰다. 세이두가 고개를 절레절레 흔들며 키득거렸다.

"형, 심보 한번 고약하다."

"그렇지, 뭐."

그러나 생각보다 잠을 이루기는 쉽지 않았다. 뱀이나 약장사는 없었지만 쓰레기가 여기저기 널려 있어서 개미 떼가 끝도 없이 성화를 부렸다. 결국 우리는 불 꺼진 건물로 숨어 들어가서야 겨우 잠을 청했다.

아직 컴컴한 새벽, 내가 보초를 서고 있을 때였다. 하디자와 세이두는 벽에 기대어 곤히 잠들어 있었고, 나는 그 앞에 앉아 무릎 위에 마체테를 올려놓은 채 망을 보고 있었다. 하디자더러 망상이 심하다고 놀리긴 했지만, 내심 불안한 마음을 떨칠 수가 없었다.

그런데 갑자기 목덜미에 개미가 기어 다니는 듯한 기분이 들었다. 왠지 누군가 우리를 감시하고 있는 것만 같았다. 눈을 가늘게 뜨고 주위를 둘러보았다. 한순간, 나는 내 눈을 믿을 수가 없었다. 이건 결코 꿈이 아니었다.

부두에서 본 개구리 얼굴 경비원이 우리에게 다가오고 있었다. 왜 쫓아온 거지? 나는 손가락 관절이 뻐근할 정도로 마체테를 꽉 잡고 자리에서 냉큼 일어섰다.

그러자 개구리 얼굴이 동작을 멈추었다. 한 손에 뭔가를 쥐고 있었는데 아무래도 총 같았다. 개구리 얼굴은 나를 경계하는 동시에, 하디자와 세이두를 힐끔거리며 서서히 손을 들어 올렸다.

곧 총성이 울릴 것이다. 이제 정말 끝이다. 그런데 자세히 보니 개구리 얼굴의 손에 들려 있는 것은 작은 플라스틱 상자였다. 그가 상자 한쪽에 달린 버튼을 누르자 찰칵 소리가 나면서 눈부신 빛이 터져 나왔다. 나는 깜짝 놀라 그대로 얼어붙었다. 그러는 사이에 개구리 얼굴의 뜀박질 소리가 저만치로 멀어져 갔다. 이제 내 마체테는 허공 속의 어둠을 하릴없이 겨누고 있었다.

전혀 예상하지 못한 일이었다. 나는 하디자와 세이두를 흔들어 깨웠다.

"가자!"

"왜?"

하디자가 잠이 덜 깬 채 중얼거렸다.

"누군가 우리를 쫓아오는 것 같아."

"뭐? 누가?"

하디자가 공포에 질린 얼굴로 되물었다. 지금 당장 겁을 줄 필요는 없다는 생각이 들어서 하려던 말을 슬그머니 바꿨다.

"아니, 그렇게까지 놀랄 일은 아니야. 그래도 혹시 모르니까 한곳에 오래 머무르지 않는 게 좋겠어."

우리는 얼마간 더 걷다가 주차된 트럭 밑으로 기어 들어가 잠시 눈을 붙였다. 나는 트럭 바퀴에 짓밟히는 악몽에 시달리다 몇 번이고 잠이 깼다.

날이 밝은 뒤에는 다시 하디자가 앞장서서 우리를 이끌었다. 하디자는 전처럼 흥에 겨워 있지 않았다. 지난 새벽, 누군가 우리를 미행하고 있다는 말을 들은 뒤로 초조한 표정을 감추지 못하고 있었다.

도착

정오쯤 되었을 때, 하디자의 발이 어느 커다란 철문 앞에 멎었다. 마침내 하디자네 집에 다다랐다!

"여기가 맞니?"

내가 물었다.

"응, 문을 두드려도 될까?"

하디자가 나를 바라보며 물었다. 나는 어깨를 으쓱이고는 최대한 가벼운 목소리로 말했다.

"너희 집이잖아."

"네 말이 맞아. 무서울 건 없어, 그치?"

나는 엷은 미소를 지어 보였다.

하디자는 주먹을 꾹 쥔 손으로 힘차게 문을 두드렸다. 끼익하는 쇳소리와 함께 문 옆의 작은 철창이 열리더니, 코가 약간 삐뚤어진 곰보 남자가 얼굴을 빼꼼 내밀었다.

잠시 침묵이 흘렀다. 하디자가 겁에 질린 표정으로 물었다.

"누구세요?"

남자는 누더기를 걸친 우리를 못마땅한 눈초리로 훑어보더니 프랑스어로 몇 마디 중얼거리고는 철창을 쾅 닫았다. 하디자가 문을 쾅쾅 두드리며 울부짖었다.

"안 돼! 문 열어요!"

나는 영문을 모른 채 함께 문을 두드렸다. 철창이 발칵 열리고 남자가 고함을 내지르는 순간, 문 저편에서 또 다른 목소리가 들려왔다.

"파브리스?"

갑자기 하디자가 철창을 붙잡고 깡충깡충 뛰었다.

"엄마!"

"하……디자!"

높게 떨리는 목소리와 함께 철문이 활짝 열렸다. 하디자는 엄마를 와락 부둥켜안았다.

"이제 괜찮아!"

하디자 엄마는 하디자의 얼굴을 꼭 붙들고 연거푸 머리를 쓰다듬었다.

"세상에, 우리 딸……! 네가 돌아오다니! 다행이야! 정말 다행이야! 이제 괜찮아! 이제 괜찮아!"

나는 세이두의 어깨에 팔을 두르고 대문 안으로 성큼 들어섰다. 그러고는 어리둥절해하는 파브리스 아저씨를 지나쳐 하디자 곁으로 다가갔다. 하디자의 뒷모습을 지켜보던 세이두가 나지막이 물었다.

"우리 엄마도 살아 계셨다면 저랬을까?"

"그래, 우리 엄마도 분명 맨발로 뛰쳐나와 안아 주셨을 거야."

"그럴 줄 알았어."

나와 세이두는 눈물로 얼룩덜룩한 얼굴을 맞대고 속삭였다.

하디자가 엄마 손을 꼭 붙든 채 우리를 소개했다.

"엄마, 아마두랑 세이두예요. 애들 덕에 집에 무사히 올 수 있었어요. 아마두랑 세이두는 밤바라어밖에 몰라요. 그러니까 밤바라어로 얘기를 나누면 좋겠어요."

"아……."

하디자 엄마가 고개를 끄덕이더니 우리를 바라보았다. 광대뼈가 높이 솟아 있는 핼쓱한 얼굴은 하디자의 통통한 얼굴과는 닮은 구석이 별로 없었다. 하지만 눈빛에 어린 투지와 불꽃만큼은 꼭 같았다. 우리 형제의 얼굴을 유심히 살펴보던 하디자 엄마의 시선이 세이두의 뭉툭한 팔꿈치에 머물렀다.

"저흰 말리에서 왔어요. 시골 출신이라 프랑스어를 배운 적이 없어요."

나는 최대한 정중하게 말했다.

"말리라고? 정말이니?"

하디자 엄마의 눈썹이 위로 치솟았다. 그러고 보니 하디자 엄마도 말리 출신이라고 했지.

"세이두는 며칠 전에 팔을 잘라 냈어요. 하디자 말로는 어머님이 의사 선생님을 불러 주실 수 있다고 하던데요?"

하디자 엄마는 당황스러웠는지 잠시 눈을 껌뻑이다 대답했다.

"물론이지! 우선 목욕부터 하고 뭘 좀 먹은 다음에 얘기하자. 내 이름은 파트마 카블랑이야. 카블랑 아줌마라고 부르렴. 자, 안으로 들어가자!"

우리는 카블랑 아줌마를 따라 집 안으로 들어갔다. 카블랑 아줌마는 부드럽게 반짝이는 연분홍색 블라우스를 입고 있었는데, 어찌나 하늘하늘한지 손만 슬쩍 대어도 찢어질 것만 같았다.

하디자네 집은 내 인생을 통틀어 이제껏 보았던 그 어떤 집보다도 좋았다. 넌 여기 어울리지 않잖아. 집이 내게 끊임없이 속삭이는 듯했다. 나와 세이두는 웅장한 규모에 압도당해 자꾸만 발걸음을 주춤거렸다. 단단한 콘크리트 벽, 소파와 탁자, 바닥에 깔린 타일, 도둑이 들어오지 못하게 창문에 달아 놓은 장식용 창살까지 차마 한눈에 담기 벅찰 정도였다. 하디자 말대로 창문마다 빈틈없이 유리가 끼워져 있었다.

나는 몸을 움츠린 채 가만히 서 있었지만, 세이두는 홀린 듯이 제 손에 닿는 것들을 하나하나 건드려 보았다.

"만지지 마!"

내가 주의를 주자 세이두는 금방 주눅이 들어서 내 곁에 바짝 붙어 섰다. 카블랑 아줌마가 우리를 돌아보며 말했다.

"아……, 만져 봐도 괜찮아."

"괜찮대. 소리 질러서 미안."

나는 지금 무조건 행복해야 한다. 바야흐로 농장을 탈출했으니까, 나라를 가로지르는 엄청난 모험을 했으니까, 하디자가 엄마를 다시 만났으니까. 그러나 이 호화로운 집은 슬프게도 고향 집에서 훨씬 더 멀어진 듯한 기분이 들게 했다. 우리가 반대 방향으로 얼마나 멀리 와 있는지를 실감하게 해 주었다.

그때 카블랑 아줌마가 어딘가로 전화를 걸었다. 하디자가 곧 의사가 올 거라고 알려 주었다. 카블랑 아줌마가 통화를 끝내고 말했다.

"자, 다 같이 부엌으로 가서 뭘 좀 먹자꾸나!"

내가 여태껏 보아 온 가운데서 가장 괴이한 부엌이었다. 화덕도 없고, 연기가 빠져나갈 구멍도 없고, 물 양동이도 없었다. 그 대신 식탁과 의자, 나무 수납장, 가스레인지가 있었다.

"상드린!"

아줌마가 큰 소리로 외쳤다.

잠시 후, 내 또래로 보이는 예쁘장한 여자애가 부엌으로 들어왔다. 아마도 하디자가 전에 말한 적이 있는 가정부인 듯했다. 상드린과 하디자는 서로를 보자마자 얼싸안았다.

카블랑 아줌마가 상드린에게 이것저것 사 오라고 지시했다. 어딘가 마음이 편치 않았다. 하디자와 카블랑 아줌마의 손가락은 가늘고 부드러워 보였고, 상드린과 나의 손가락은 마디가 굵고 굳은살이 박여 있었다. 그래서인지 상드린은 어딘가 모르게 우리 고향 마을 아이처럼 보이기도 했다. 나는 심부름을 하러 나서는 상드린에게 "고마워."라고 작게 속삭였다. 상드린은 마치 내 인사를 알아듣기라도 한 듯이 옅은 미소를 지어 보였다.

곧이어 닭고기와 토마토, 양파가 가득 든 스튜가 눈앞에 놓여졌다. 어제 트럭에서 먹은 삶은 달걀 이후로 처음 보는 음식이었다. 입안에 침이 가득 고였다. 아줌마는 커다란 유리잔에 과일주스를 따른 후, 야들야들한 빵을 두툼하게 잘라 고루 나눠 주었다. 스튜는 뜨끈하고 주스는 시원했다. 우리가 한 그릇을 싹 비우자 카블랑 아줌마가 한 그릇을 더 떠서 주었다.

식사를 마친 후, 카블랑 아줌마가 말했다.

"자, 이제 얘기 좀 들어 보자꾸나."

하디자는 입술을 달싹였다. 쉽게 말이 나오지 않는 모양이었다. 그동안 누군가가 우리에게 무슨 일이 일어났는지 알아주기를 얼마나 간절히 바랐던가? 그러나 정작 진실을 털어놓으려니

입이 떨어지지 않았다. 나는 크게 심호흡을 한 후 천천히 입을
열었다.

"세이두랑 저는 만 근처의 카카오 농장에서 이 년간 일했어요.
하디자는 구 일 전에 그 농장에 도착했고요."

내가 이야기를 시작하자, 카블랑 아줌마가 무릎 위에 다소곳
이 올려 둔 손으로 손톱을 쥐어뜯기 시작했다.

"어쩐지 첫 등장부터 좀 이상했어요. 여자애가 농장에 온 건
처음이었거든요. 게다가 트럭이 일꾼을 달랑 한 명만 데려오는
경우도 없었고요……. 운송비가 비싸니까요."

카블랑 아줌마의 눈에서 초점이 사라졌다. 손톱을 어찌나 세
게 잡아 뜯었는지, 블라우스 가장자리에 핏방울이 뭘 정도였다.

"하디자는 틈이 날 때마다 탈출을 시도했고, 그러다 사흘 전에
셋이 같이 농장을 도망쳐 나왔어요. 도시에 가면 세이두의 팔을
치료해 줄 훌륭한 의사 선생님이 있을 거라고 하더라고요. 그래
서 여기까지 오게 되었어요."

하디자가 끼어들었다.

"엄마, 아마두가 빠뜨린 게 있는데요. 제가 그곳에서 탈출하도
록 도와준 사람이 바로 아마두예요. 농장에다 불을 지르고 갇혀
있던 저를 풀어 줬어요! 또 제가 농장에 있는 동안, 다른 남자애
들이 접근하지 못하게 지켜 줬고요. 아마두가 없었다면 전 집에
돌아오지 못했을 거예요."

그때 파브리스 아저씨가 부엌문을 열고 들어오더니 프랑스어로 무언가를 전했다.

잠시 후, 카블랑 아줌마가 우리에게 말했다.

"의사가 도착했다는구나."

의사가 그렇게나 빨리 왔다는 사실에 깜짝 놀랐다. 다 같이 거실로 나가 보니, 주름 하나 없이 빳빳한 바지에 깃이 달린 셔츠를 입은 할아버지가 기다리고 있었다.

의사가 세이두에게 이리 오라며 손짓을 했다. 잠시 후, 붕대를 풀자 딱딱하게 굳은 흙먼지가 바닥으로 후두둑 떨어졌다. 나는 창피해서 고개를 떨궜다.

의사는 세심한 눈길로 세이두의 팔을 살피며 손가락으로 여기저기를 꾹꾹 눌러 보았다. 세이두는 잇새로 식식 숨소리를 내뱉었지만, 참을성 있게 진료를 받았다. 이윽고 의사가 카블랑 아줌마에게 뭔가를 말하자, 하디자가 우리에게 통역을 해 주었다.

"세이두가 먹은 약을 보여 달래."

나는 주머니에 넣어 두었던 약상자에서 약병을 꺼내 건넸다.

의사는 실눈을 뜨고 병에 적힌 글씨를 살펴보더니 고개를 절레절레 흔들고는 약병을 휴지통에 휙 던져 버렸다. 나중에 아무도 보고 있지 않을 때, 나는 쓰레기통에서 약병을 주워 주머니에다 얼른 숨겼다. 부자들은 원할 때마다 의사를 부를 수 있겠지만 우리는 사정이 다르니까.

하디자가 또다시 의사의 말을 통역해 주었다.

"세이두의 상처가 세균에 감염됐대. 급성 화농성 감염이 생겼다는데, 뜻은 잘 모르겠어. 일단 주사를 놔 주고, 오늘 밤에 복용할 페니실린을 처방해 주겠대. 알약을 하루에 네 번 먹으래."

"주사가 뭐야?"

세이두가 물었다.

"바늘로 피부를 찔러서 약을 혈관으로 바로 투여하는 거야. 조금 따끔하지만 잠깐만 참으면 병에 걸리지 않게 해 줘. 아마두, 너도 맞아 둬. 면역력을 길러 줄 테니까."

세이두는 겁에 질린 표정으로 슬금슬금 내 쪽에 달라붙었다.

하디자는 지치지도 않고 의사의 장황한 설명을 우리에게 통역해 주었다. 감염이 되면 절단된 팔이 아직 그 자리에 있는 것처럼 아픔을 느끼기도 하고 열이 나기도 하는데, 이를 '환각지 증상'이라고 부른단다.

또한 의수라고, 가짜 팔을 만들어 주는 병원도 있다고 했다. 가짜 팔 얘기는 생전 처음 들어 보았다. 새로운 팔을 가지려면 돈이 얼마나 들까?

의사는 우리 형제에게 주사를 한 대씩 놓고는 가방을 챙기기 시작했다. 카블랑 아줌마가 의사에게 돈을 건넸다. 우리 가족은 엄마가 죽어 갈 때조차도 의사를 부르지 못했다. 도시 의사를 집으로 부르려면 돈을 얼마나 내야 할까?

그런 생각을 하다가 문득 하디자를 돌아보니, 멍하니 먼산바라기를 하고 있었다. 나는 하디자를 나직이 불렀다.

"저기, 하디자! 너도 주사를 맞아야 하는 거 아냐? 아니면 진찰이라도 받아 봐야지?"

하디자는 내 시선을 피했다.

"난 싫어……."

"진찰을 받아 봐. 네가 입을 꾹 다물고 있으면 아무도 널 도와줄 수 없잖아."

하디자가 침을 꼴깍 삼켰다. 의사가 이제 막 문턱을 나서고 있었다.

"하디자, 응?"

나는 한 번 더 하디자를 설득했다. 하디자가 침을 꼴깍 삼키고는 기어 들어가는 목소리로 엄마를 불렀다. 나는 하디자에게 용기를 내라고 팔을 토닥여 주었다.

"엄마! 이 친구들에게 욕실을 안내해 주고 올게요. 의사 선생님께 잠깐만 기다려 달라고 해 주실래요?"

의사를 배웅하느라 문가에 서 있던 카블랑 아줌마가 곧바로 고개를 돌렸다. 하디자는 아줌마가 뭔가를 질문할 새도 없이 곧장 몸을 돌려 우리를 어딘가로 이끌었다.

우리는 타일이 깔린 조그마한 방으로 들어갔다. 하디자가 수건을 하나씩 쥐여 주고는 샤워기라는 물건을 어떻게 사용하는지 알려 주었다. 나는 문을 닫고 나가려는 하디자에게 재빨리 속삭였다.

"넌 할 수 있어, 살쾡이!"

하디자가 주먹을 꽉 쥐고 입술을 깨물며 방을 나섰다.

세이두와 나는 벽에 달린 괴상한 수도꼭지를 빤히 쳐다보았다. 샤워라는 건 처음 해 보는 것이었다.

"좋아. 누가 먼저 할까?"

"나!"

세이두는 새로운 도전에 신이 났는지 연방 두 눈을 반짝였다. 나는 세이두가 미끄러지지 않게 부축해 주었다.

"따뜻한 소낙비 같아!"

세이두가 다친 팔을 다른 쪽 팔로 감싸고서 깔깔거렸다. 세이두의 등을 비누칠하는 동안, 여기저기서 오래된 흉터 자국을 보았다. 하지만…… 신기하게도 그 상처를 마주하는 게 더 이상 괴롭지 않았다. 마침내 세이두와의 약속을 지켰기 때문일까?

샤워가 끝난 뒤, 세이두의 팔꿈치에 의사에게서 받은 바셀린 크림을 바르고 새 붕대를 감았다. 도시에서는 파파야 대신 바셀린 크림을 쓰는 모양이었다.

다음은 내 차례였다. 내 평생 이토록 좋은 느낌은 처음이었다. 한동안 가만히 서서 얼굴과 어깨 위로 퍼붓는 따뜻한 물줄기를 맞고 있었다. 그러고는 비누를 집어 들어 몸을 박박 문질러 닦았다. 잿빛 거품이 배수구로 흘러들었다. 지난 이 년 동안 농장에서 얻은 분노와 상처, 두려움이 모두 씻겨 나갈 때까지 계속해서 문질렀다.

세면대 위 거울에 비친 내 모습을 들여다보았다. 사냥꾼의 표적이 된 동물의 눈빛……. 피부에 찌든 더러움은 씻을 수 있다 해도, 좋은 욕실에서도 씻어 내지 못하는 것들이 있는 모양이었다.

우리는 상드린이 사다 준 새 옷으로 갈아입고 욕실을 나섰다. 욕실 밖에서는 카블랑 아줌마 혼자서 우리를 기다리고 있었다. 아줌마는 우리를 향해 활짝 웃어 보였지만 손끝이 한층 더 붉게 물들어 있었다. 하디자가 공구 창고에서 있었던 일을 털어놓았나 보다.

"하디자는 지금 자고 있어. 너희도 거실에서 잠을 좀 자 두렴. 얘기는 나중에 더 하자. 난 부엌에 있을 테니까 필요한 게 있으면 언제든 불러. 몇 시간 후에 깨울게. 알았지?"

"고맙습니다."

나는 담요 두 개를 받아 들었다.

"아냐, 아마두. 내가 더 고마워."

아줌마는 상냥한 손길로 내 어깨를 지그시 누르더니 부엌으로 갔다.

거실 바닥은 매끄럽고 깨끗했다. 담요 두 개를 바닥에 나란히 깔았다. 세이두는 바닥에 머리를 대자마자 잠이 들었지만, 나는 말똥말똥한 눈으로 연신 사방을 훑고 있었다. 여기가 바로 하디자가 납치된 장소라는 사실과 함께, 카블랑 아줌마의 피로 물든 손가락이 떠올라서 불안감이 사라지지 않았다.

어느새 생각이 고향으로까지 흘러갔다. 처음에는 가족을 다시 만나면 얼마나 기쁠지를 생각했다. 그러나 곧 몽상은 하디자 엄마가 입었던 블라우스처럼 얇디얇아지더니, 손대면 찢어질까 봐 걱정스러운 지경이 되었다. 화려한 몽상 뒤에 펼쳐져 있는 현실은 너무도 빤했다. 우리가 애초에 집을 떠날 수밖에 없었던 이유가 있지 않은가.

하나같이 말라비틀어진 옥수수, 쩍쩍 갈라진 밭, 팔다리가 오그라든 아이들의 퀭한 눈이 차례로 떠올랐다. 그곳에는 먹을 게 없었다. 마실 것도 없었다. 가뭄에 시달리지 않는 곳으로 가서 돈을 벌어 오려고 악착같이 집을 떠났다. 입을 하나라도 줄여야 하니까. 몇 달 후면 적게나마 돈을 벌어서, 또 잘만 하면 집안 살림을 일으켜 줄 씨앗까지 얻어서 귀향하겠다는 희망을 품고……

나는 어릴 적부터 수확철이 되면 남자애들은 농장으로, 여자애들은 부잣집으로 떠나는 모습을 수도 없이 봐 왔다. 나 역시 나이가 차자마자 세이두를 데리고 집을 떠나왔다. 하지만 우리는 아무것도 얻지 못한 채 빈털터리가 되어 버렸다. 아니, 빈털터리보다 더했다. 세이두를 장애인으로 만들어 버렸으니까……. 이런 생각을 하고 있자니 우울해져서 정말이지 미칠 것만 같았다.

나는 자리에서 일어나 내 담요를 세이두에게 덮어 주었다. 창밖을 보니 경비원은 보이지 않았고 마당은 텅 비어 있었다. 발소리를 내지 않고 살금살금 현관문으로 걸어갔다. 살그머니 문을 열고 마당으로 나갔다.

집을 한 바퀴 둘러보며 가정부와 경비원, 그리고 우리 외에는 아무도 없다는 사실을 확인하고 난 뒤에 잠을 자기로 마음먹었다. 아니, 어쩌면 신선한 공기를 마시고 머리가 맑아지길 바랐는지도 모르겠다.

집 모퉁이를 돌 때, 부엌 창문으로 카블랑 아줌마가 보였다. 아줌마는 이리 갔다 저리 갔다 하며 밤바라어로 전화 통화를 하고 있었다. 아까 우리에게 억지로 내비친 미소는 더 이상 얼굴에 남아 있지 않았다.

"……네, 내일이요. 만약 오늘 밤에 실패한다면 내일은 꼭 여기에서 우리를 나가게 해 줘야 해요. ……아직 기사는 덜 썼어요. 하지만 그게 중요한 게 아니잖아요! 내 딸이 납치됐었다고요. 알아들어요? 그런 지옥 같은 농장에 버려진 건 우연이 아니라고요. 그들은 의도적으로 그런 거예요. 거기서 내 딸이 무슨 일을 당했는지 알기나 해요? ……아뇨, 알랭, 아뇨! 당신이 하란다고 해서 계속 이 기사를 쓸 수는 없어요. 취재도 중요한 일이지만, 내 딸의 안전이 더 우선이에요. 당신이 프랑스 비자를 받아 주는 대로 곧바로 여기를 떠날 거예요…….”

　나는 그 자리에서 몸이 굳어 버렸다. 카블랑 아줌마는 당장 코트디부아르를 떠날 생각이었다. 하디자는 데려갈 테지. 하지만 우리는 아닐 것이다.

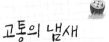

고통의 냄새

카블랑 아줌마는 전화를 끊자마자 식탁 위에 쓰러지듯 엎드렸다. 나는 한동안 바닥에 쭈그리고 앉아 있다가 집 안으로 들어갔다. 거실 바닥에 누워 천장을 응시했지만, 쿵쾅거리는 심장이 진정되지는 않았다. 결국 나는 하디자에게로 가고 말았다.

하디자는 침대에 앉아 머리를 땋고 있었다. 시선은 줄곧 창밖을 살피면서. 하디자도 잠들지 못하고 있었던 것이다.

"뭘 보고 있어?"

"그냥……."

"뭐 수상쩍은 사람이라도 봤어?"

"아니, 그냥 잠이 안 와."

나는 카블랑 아줌마가 하디자를 보자마자 꼭 붙들고 했던 말이 떠올랐다.

'넌 이제 괜찮아.'

그건 사실이 아니었다. 하디자는 노란색 셔츠에 남색 치마를 입은 채, 자기 방에서 자기 물건들에 둘러싸여 있었다. 그런데도 눈두덩은 아직도 움푹 꺼져 있었다. 이 집을 떠나기 전의 하디자의 모습은 사라져 버린 듯했다.

"꼭 누군가 쳐들어올 것만 같아서 불안해."

"허……! 그런 걱정은 안 해도 될 것 같은데? 너, 내일 프랑스로 간대."

나는 하디자를 쏘아보며 말했다.

"뭐?"

하디자가 머리를 땋던 손을 툭 떨궜다.

"아까 너희 엄마가 전화로 말씀하시는 거 들었어. 여길 빠져나갈 계획이시던데. 너랑 둘이서만."

"뭐?"

"넌 그 '뭐' 빼고는 할 말이 없냐?"

"왜……, 왜……, 엄마가 나한테 그런 얘기를 하시지 않은 거지? 이해가 되지 않아……."

"난들 알겠어?"

나는 침대 끄트머리에 풀썩 주저앉고는 고개를 푹 숙인 채 손으로 머리카락을 쥐어뜯었다.

"하지만 세이두랑 나한테 숨긴 이유는 알 것 같아. 너희 엄마가 우리를 돌봐 주실 의무가 있는 건 아니니까."

나는 그만 말을 멈추어야 한다고 생각했다. 하지만 혀는 내 생각과 따로 놀았다.

"약속한다며? 네가 그랬잖아. 나와 세이두를 안전하게 집에 데려다준다며? 이제 우리는 알지도 못하는 도시를 헤매게 생겼어. 네 말을 듣는 게 아니었는데……, 너랑 여기 오는 게 아니었는데……."

입 다물어!

"널 만난 게 잘못이었어!"

그 말을 끝으로 나는 침묵의 웅덩이에 빠져들었다. 되돌릴 수 있다면 방금 한 말은 취소하고 싶었다. 잠자코 있던 하디자가 침대에서 벌떡 일어섰다.

"같이 가서 엄마한테 물어보자. 네가 나를 집에 데려다줬으니까, 나도 똑같이 해 줄 거야."

하디자는 단호한 얼굴로 부엌으로 향했다. 나는 하디자의 반쯤 땋은 머리를 허둥지둥 뒤따랐다.

카블랑 아줌마가 우리를 보고 활짝 웃었다.

"하디자! 아마두! 깨어 있었구나. 무슨 일이니?"

"엄마가 거짓말하시는 이유를 알아내러 왔어요!"

순간, 카블랑 아줌마의 얼굴에 떠올랐던 미소가 마른 나무껍질처럼 후두둑 떨어져 나갔다.

"거짓말한 적 없어. 널 안전하게 지키려는 것뿐이야."

"저한테 아무 얘기도 없이 프랑스로 데려가실 생각이잖아요?"

카블랑 아줌마는 성큼성큼 걸어와 딸을 품에 안으려고 팔을 쭉 뻗었다. 하지만 하디자는 아줌마의 손길을 차갑게 뿌리쳤다. 아줌마의 몸이 그대로 얼어붙었다.

"아무 일도 없었던 것처럼 세이두랑 아마두를 버리려고요? 엄마, 대체 언제까지 숨기실 건데요. 이젠 알아야겠어요. 이게 다 무슨 일인지."

카블랑 아줌마의 말 한마디면 세이두와 나는 곧바로 거리로 쫓겨날 수도 있었다. 나는 입술이 바싹 마르는 것 같았다.

아줌마는 식탁 의자에 털썩 주저앉아 손으로 얼굴을 가렸다. 그런 다음 마음을 추스르더니, 우리를 조심스럽게 바라보았다. 마침내 아줌마가 입을 열었다.

"아마두, 부탁이 있단다. 내 방에 가면 침대 옆 탁자 위에 서류 더미랑 갈색 봉투, 그리고 공책이 있을 거야. 그것 좀 가져다줄래?"

나는 지금 이 자리를 피할 수 있다는 것만으로도 다행이라는 생각이 들어서, 얼른 고개를 끄덕이고 거실로 나왔다. 하디자의 방과 욕실 사이에 있는 문, 거기가 아마도 아줌마의 방인 듯했다. 세이두는 여전히 깊게 잠들어 있었다.

조심스럽게 방문을 열었다. 아줌마가 말한 물건들이 침대 옆 탁자 위에 놓여 있었다. 방을 가로지르는 동안 화장대 위에 놓인 화장품과 향수병을 훑어보며, 의자에 쌓아 놓은 부드러운 옷가지를 손으로 만져 보았다. 엄마한테 이런 옷과 화장품을 선물하려면 돈이 얼마나 들까? 하나같이 비싸 보이는 물건들뿐이었다.

숫자 생각을 하고 있자니, 다른 중요한 숫자가 떠올랐다. 우리가 농장 주인의 집에서 훔친 돈은 얼마나 남았을까? 아줌마가 하디자와 이 나라를 떠나기 전까지 몇 시간이나 남았을까? 나는 눈을 질끈 감은 채 숫자를 머릿속에서 떨쳐 낸 후, 아줌마가 말한 물건들을 챙겨서 방을 나왔다.

부엌으로 가 보니, 하디자는 어느새 엄마 품에 안겨 있었다. 다행이었다. 나는 카블랑 아줌마의 물건들을 식탁 위에 내려놓고 맞은편에 자리를 잡아 앉았다.

아줌마는 딸의 이마에 살짝 입을 맞춘 다음 천천히 공책을 펼쳤다. 책장에는 작고 깔끔한 글씨로 적은 메모와 연필 스케치가 가득했다. 글씨는 읽을 수 없었지만 그림은 알아볼 수 있었다. 카카오 열매와 씨앗, 트럭, 건조장, 부두…….

이어서 아줌마는 커다란 봉투 안에 든 사진을 꺼냈다. 주렁주렁 열매를 달고 있는 카카오 나무, 짙은 갈색을 띤 흙가루처럼 고운 분말, 알록달록한 포장지에 둘러싸인 고동색 물체……. 그

밖에 무엇인지 알아보기 힘든 흐릿한 사진도 몇 장 있었다. 사람들이 카카오 농장과 부두에서 일하는 모습을 멀리서 찍은 사진이었다.

하디자는 흐릿한 사진 중 한 장을 집어 들었다. 카블랑 아줌마는 어깨를 으쓱이며 아쉽다는 듯한 목소리로 말했다.

"휴대전화로 찍은 사진이라 상태가 아주 좋지는 않아."

"휴대전화로 찍은 사진이라고요?"

나는 전화기로 어떻게 사진을 찍는다는 건지 이해가 되지 않았다.

하디자가 탁자 위에 놓여 있던 엄마의 휴대전화를 들어 내 얼굴 앞에 들이대더니 버튼 하나를 눌렀다. 찰칵하는 소리와 함께 휴대전화에서 환한 빛이 터져 나왔다. 하디자는 휴대전화의 화면을 내게 보여 주었다. 그 속에 내 얼굴이 담겨 있었다. 그 사진을 보자 어쩐지 속이 매스꺼웠다.

하디자가 물었다.

"이걸 왜 찍으신 건데요?"

카블랑 아줌마가 식탁 위 전등을 켰다. 우리를 둘러싸고 있던 저녁 어둠이 뒤로 한발 물러섰다.

"내가 쓰고 있는 기사에 필요해서. 내 입을 막으려는 사람들이 너를 납치해 간 이유는 바로 그 기사 때문이고."

하디자와 나는 탁자 위에 놓인 사진을 멍하니 바라보았다.

"전 이해가 되지 않는데요."

나는 솔직하게 말했다.

"나 역시 이해가 되지 않아. 하지만 문제의 핵심은, 이 나라의 주요 수출품이 카카오라는 거야. 초콜릿 회사들은 그게 어떻게 재배되고 있는지 세상에 알려지는 걸 원하지 않고."

"잠깐, 초콜릿이요? 이게 초콜릿에 관한 얘기라고요?"

하디자의 목소리가 갑자기 커졌다. 나는 하디자를 힐끔 돌아보았다.

"초콜릿이 뭐야? 난 우리가 키운 게 카카오인 줄 알았는데."

"넌 초콜릿을 먹어 본 적이 없구나?"

카블랑 아줌마는 고개를 절레절레 젓더니 다시 말을 이었다.

"이건 정말 말도 안 돼. 그럼 어디 한번 맛을 보자꾸나."

아줌마는 자그마한 냄비에 우유를 붓고 끓이기 시작했다. 그런 다음 설탕과 진한 갈색 가루를 넣고 여러 번 저었다. 몇 분이 지나자 놀라운 냄새가 솔솔 풍겨 왔다.

"뭘 만드시는 거야?"

내가 하디자에게 속닥거렸다.

"코코아. 어릴 적부터 엄마는 내가 잠들지 못할 때 늘 저걸 만들어 주셨어."

아줌마는 냄비에 든 액체를 컵 세 개에 나누어 부었다.

"마셔 보고 어떤지 말해 주렴."

나는 몽글몽글 피어나는 김 사이로 얼굴을 파묻고 길게 한 모금 홀짝거렸다. 그 액체는 깊고, 진하고, 달콤하고, 씁쓸했다. 여러 가지 풍부한 맛이 포근하게 혀를 감싸는 동시에, 마음이 편안해지는 느낌이 들었다. 어딘가 모르게 비밀스러운 맛이었다. 잠이 오지 않는 밤에 이런 것이 나를 기다리고 있다면 대체 어떤 기분이 들까?

카블랑 아줌마가 내 얼굴에 떠오른 표정을 보고는 살포시 웃음을 지었다. 내 얼굴에 지금의 느낌이 고스란히 드러난 모양이었다.

"맛있지, 응?"

카블랑 아줌마가 슬픈 미소를 지어 보이고는 자신의 컵을 입으로 가져갔다. 몇 분 동안 우리는 그렇게 코코아를 홀짝거리기만 했다. 이윽고 아줌마가 조심스럽게 입을 열었다.

"있잖니, 초콜릿을 한 번도 먹어 본 적이 없다는 말은 사실이 아닐 거다…… 이렇게 정제된 형태로는 아니라 해도 씨앗은 먹어 봤을 거 아냐? 그렇지 않니? 수확한 열매를 잘라 카카오 씨앗을 날것 그대로 먹어 본 적이 있지?"

나는 아줌마 말을 단박에 알아듣지 못하고 질문을 여러 번 곱씹었다. 그러다 한순간 싸늘한 느낌이 내 안으로 파고들어 왔다.

"잠깐만요. 그러니까 카카오 농장에서 우리가 기른 열매가 이거라고 생각하시는 거예요? 아뇨, 아줌마가 잘못 알고 계세요.

그건 카카오예요."

"그래, 네가 키운 건 카카오가 맞아. 바로 그걸로 코코아랑 초콜릿을 만드는 거야. 카카오 씨앗을 발효시켜서 다른 나라로 실어 보내잖니? 그 콩을 볶아 코코아 페이스트로 만들면 코코아 가루랑 코코아 버터가 나오거든. 그러면 그 가루니 버터니 하는 것들을 가지고 기업들이 가지각색 초콜릿을 만드는 거야. 쫀득쫀득한 초코바, 제빵용 초콜릿 가루, 과자에 들어가는 초코칩, 달콤하고 씁쓸한 코코아, 심지어 손에 바르는 크림까지 만들지."

나는 아줌마를 빤히 쳐다보며 그 말을 이해하려 애썼다.

"그러니까…… 아줌마 말씀은 지난 이 년 동안 우리가 농장에서 키워 온 카카오가……, 잠들지 못하는 도시 아이들을 위한 거였다는 뜻인가요?"

카블랑 아줌마는 시선을 떨군 채 고개를 끄덕였다. 나도 내 컵을 가만히 들여다보았다. 코코아 향기가 다시금 나를 덮치자, 이번에는 입에서 아까와는 다른 맛이 느껴졌다. 이 액체의 비밀을 알아 버린 지금, 이것은 더 이상 잠 못 드는 밤을 달래는 달콤한 향기가 아니었다. 돈 한 푼 받지 못한 채 가혹한 노동에 시달리는 고통의 냄새, 아무리 일해도 매질을 피할 수 없는 공포의 냄새였다. 한쪽 팔만 남은 세이두의 맛이 나서 차마 더는 마실 수가 없었다. 구역질이 훅 치밀어 올랐다.

나는 컵을 멀찌감치 밀어 놓았다.

"저도 그만 마실래요."

하디자가 내 옆에서 말했다.

"네 마음 이해해. 이건 아이들의 노동력을 착취하지 않는 이 근방 농장에서 수확한 카카오 콩으로 만든 것이지만……."

카블랑 아줌마는 관자놀이를 문지르며 말을 이었다.

"초콜릿은 말이다. 너희가 경험한 것처럼 생산되는 방법만 있는 건 아니야. 노동에 대한 대가를 공정하게 지급하는 농부들도 있거든. 하지만 대개는 대기업이 어마어마한 이윤을 내거나 중간 상인들이 세금 한 푼 안 내고 배를 불리면서, 정작 농부들에게 돌아갈 몫은 거의 없지."

아줌마의 지친 눈동자가 나를 향했다.

"그래서 농부들은 돈이 적게 드는 노동자를 찾는 거야. 안타깝게도 보통은 아이들이지."

하디자가 농장 주인의 집을 보고 혀를 차던 모습이 떠올랐다. 도시에 와 보니 조금은 이해가 되었다. 여기에서 본 집들에 비하면 농장 주인의 집은 초라하기 짝이 없었다. 주인들은 농장에서 일하는 아이들에 비해 크게 나을 것 없는 식사를 했다. 그리고 일 년 내내 우리와 함께 땀 흘려 일했다.

"우리가 있던 농장 말고 다른 카카오 농장에서도 아이들이 강제로 일을 하고 있다고 하셨죠?"

내가 물었다.

"그런 곳에서 일하는 아이들이 수천 명이나 된단다. 하지만 기사에 필요한 정보를 모두 찾는 데는 한계가 있어. 일하는 아이들 중에는 농장 주인의 가족인 경우도 있거든. 아니면 그렇다고 주장을 하거나……. 또 일을 하면서 학교에 다니고 있다고 우기기도 해. 그러니 강제 노동을 하는 아이들의 규모가 어느 정도인지를 정확히 파악하는 건 쉽지가 않아."

아줌마는 두 손으로 컵을 꼭 감싸 쥐었다.

"초콜릿 회사에서는 내가 이런 기사를 준비하고 있다는 사실을 알고 협박하기 시작했어. 나와 인터뷰하기로 했던 사람들은 갑자기 입을 꾹 다물어 버리거나 실종되었지. 그러더니 결국 내 딸까지 납치해 간 거야."

아줌마의 목소리가 갈라졌다.

"하디자, 난 네가 살아 있을 거라고, 나만 입을 다물면 널 살려 보내 줄 거라고 생각했어. 네가 어디로 갔는지 정보를 넘겨줄 사람을 찾아 얼마나 헤매고 다녔는지 몰라……."

아줌마가 하디자의 눈을 들여다보았다.

"난 초콜릿이 생산되는 과정의 부당한 진실을 파헤치고 싶어. 하지만 그 대가로 내 딸을 내줄 수는 없잖니? 그러니 그들이 다시 널 찾아서 빼돌리기 전에 여길 떠나야겠어."

섬뜩한 느낌이 내 척추를 타고 오르더니 목덜미를 후벼 팠다. 휴대전화로 사진을 찍을 수 있다는 사실에 왜 그렇게 기분이 찜

찜했는지 불현듯 깨달았다.

나는 손을 뻗어 하디자의 팔을 붙잡았다.

"하디자, 네가 여기 있다는 사실을 그들이 아는 것 같아!"

하디자를 잡은 팔에 힘이 꽉 들어갔다. 순간, 카블랑 아줌마가 내게로 고개를 획 돌렸다.

"뭐라고?"

나는 깜깜한 부두의 사진을 가리키며 말했다.

"여기에서 빠져나올 때 경비원 중 하나가 우리를 미행했어요. 그러다 휴대전화로 사진을 찍어 갔어요."

하디자는 마치 내가 커서 카카오 산업의 우두머리가 되고 싶다는 말이라도 한 듯, 넋을 잃은 표정으로 나를 뚫어져라 쳐다보았다. 나는 하디자의 팔을 쥐고 흔들었다.

"어젯밤에는 네가 무서워할까 봐 말하지 못했어. 네가 이 도시로 돌아왔다는 사실을 확인한 이상, 그 사람들이 언제 여기로 쳐들어올지 몰라."

카블랑 아줌마는 의자에서 벌떡 일어나더니 하디자를 일으켜 세웠다.

"당장 여기서 나가야 해! 지금! 얼른 가서 신발 신어. 난 여권이랑 돈을 챙길 테니."

"그럼 아마두랑 세이두는요?"

하디자가 몸부림을 치며 물었다. 카블랑 아줌마의 눈이 잠깐

멍해지다가 곧바로 초점을 되찾고 나를 바라보았다.

"가서 동생을 깨워, 얼른! 일단 다 같이 나간 후 어디로 갈지 생각해 보자."

나는 세이두에게 달려가 담요째 일으켜 세웠다. 놀라서 몸부림을 치는 세이두를 억지로 달래며 카블랑 아줌마에게로 달려갔다. 나는 애타는 심정으로 물었다.

"약은 어디에 있을까요?"

"현관 옆 탁자에!"

현관문으로 달음질쳐 가 보니, 조그마한 탁자 위에 갈색 종이 봉투가 보였다. 나는 얼른 약 봉투를 호주머니에 찔러 넣었다.

"걱정하지 마."

나는 나 스스로 다짐하듯 세이두에게 속삭였다.

그때 현관문이 딸깍거리더니 잠금장치가 스르르 돌아갔다.

나는 세이두를 앞세운 채 재빨리 부엌으로 가 식탁 밑에 몸을 숨겼다. 마치 기름을 두른 프라이팬 속 옥수수처럼 심장이 펄떡펄떡 뛰었다. 현관문이 열리는 소리에 이어, 발소리가 저벅저벅 거실에 울려 퍼졌다.

그와 동시에 어두컴컴한 마당을 가로지르는 수상쩍은 그림자 두 개가 눈에 띄었다. 하디자와 카블랑 아줌마였다! 나는 세이두를 데리고 서둘러 창문 밖으로 뛰쳐나갔다.

가까스로 대문에 이르렀을 때, 집 안에서는 온갖 추잡한 욕설과 뭔가를 때려 부수는 소리가 쏟아져 나왔다. 우리는 간발의 차로 탈출에 성공한 셈이었다. 파브리스 아저씨는 문 옆 어두컴컴한 공간에 고꾸라져 있었다. 카블랑 아줌마는 파브리스 아저씨의 목에 손을 대 본 다음, 아직 무사하다는 뜻으로 고개를 끄덕였다.

"지금부터 냅다 뛰어서 무조건 오른쪽으로 가는 거다. 만약 놓치게 되면 신문사 본사로 와. 거기서 차를 빌리기로 했으니까."

우리 형제는 신문사 본사가 어디 있는지 알 턱이 없었다. 무조건 뒤처지지 않는 수밖에.

나는 세이두의 손을 잡고 무작정 달렸다. 그러자 이런 게 내 운명일까, 하는 의구심이 들었다. 잠시도 안전한 곳에 머무르지 못하고 언제나 도망치듯 뛰어다니는 인생 말이다.

모퉁이를 획 돌았다. 가게가 쭉 늘어선 거리도 지났다. 수없이 많은 건물과 사람, 자동차를 지나치는 동안 미래에 대한 불확실성이 내 가슴을 옥죄어 왔다.

더는 달릴 수 없다는 생각이 들 무렵, 마침내 우리 일행은 높다란 건물 앞에 멈춰 섰다. 카블랑 아줌마가 경비실 문을 똑똑 두드리자, 경비원이 열쇠를 하나 건넸다. 주차장에는 흰 지프차가 대기하고 있었다.

"어서 타."

나와 하디자는 세이두를 가운데 두고 뒷좌석에 나란히 앉았다.

밤공기에 차가워진 좌석 시트 때문에 몸이 절로 움츠러들었다.

카블랑 아줌마는 지프차를 몰고 경비실 앞까지 운전해 갔다. 경비원이 운전석 창문 옆으로 다가오자, 아줌마는 창문을 내리고 다급한 목소리로 뭔가를 이야기했다. 얼핏 파브리스 아저씨의 이름이 들렸다. 경비원은 고개를 끄덕였다.

"자, 눈에 띄지 않게 다들 몸을 숙여."

카블랑 아줌마의 지시에 따라 우리 셋은 바닥에 납작 엎드렸다. 아줌마의 목덜미 근육이 팽팽하게 긴장되어 있었다.

한참 뒤, 카블랑 아줌마가 입을 열었다.

"됐다. 이제 일어나도 돼."

창밖을 내다보니, 도시의 불빛은 사라지고 깊은 어둠이 깔려 있었다.

"엄마, 어디로 가시려는 거예요?"

"일단 그들의 소굴에서 벗어나야 돼. 무조건 멀리 떨어진 곳으로 간 다음에 다시 생각해 보자."

아줌마의 목소리에서는 더 이상 아까와 같은 긴장감이 묻어 있지 않았다. 나는 무너지듯 의자 뒤로 몸을 푹 기대었다.

"좀 자 두렴. 그러고 나서 앞으로 어떻게 할지 머리를 모아 보자꾸나."

카블랑 아줌마가 말했다.

잠이란 말에 하디자가 작게 환호했다. 아니, 어쩌면 그 소리는 나에게서 나온 것인지도 모르겠다. 잠을 자 보는 것이 대체 얼마 만인가. 안전하다고 느낀 것은 또 얼마 만인가. 세이두는 벌써 하디자의 어깨에 머리를 기댄 채 잠들어 있었다. 나도 차창에 기대어 눈을 감았다.

시간이 얼마나 지났을까. 잠에서 깨어났을 때 우리가 탄 차는 무성한 수풀 속에 주차되어 있었다. 자동차 시동은 꺼져 있었고, 나무 덤불이 유리창을 에워싸고 있었다. 세이두와 하디자는 고른 숨을 내쉬며 새근새근 잠들어 있었다. 카블랑 아줌마 홀로 깨어 나지막하게 혼잣말을 중얼거렸다.

"아줌마……?"

아줌마의 혼잣말이 뚝 끊겼다.

"미안하구나, 아마두. 나 때문에 깼니?"

"아뇨, 그냥 일어났어요. 근데 왜 운전을 멈추신 거예요?"

"너무 피곤해서 잠깐 눈 좀 붙이고 가려고 해."

"하지만 주무시는 것 같지는 않던데요?"

카블랑 아줌마가 살짝 웃음을 터뜨렸다.

"네 말이 맞아. 자동차 시동만 껐지, 머릿속 시동은 꺼지지 않는구나……."

나는 그 말이 무슨 뜻인지 정확히 이해했다. 요 며칠 온갖 피로가 몸을 덮쳐 와 잠의 나락으로 밀어붙여도, 머리는 다음 일을 걱정하느라 잠이 들지 못할 때가 많았다. 눈꺼풀이 천근만근이어도 억지로 눈을 뜨면서 코앞에 닥친 수두룩한 문제를 곱씹고 또 곱씹고…….

"이제 어디로 가나요?"

아줌마는 지친 듯 이마를 손으로 문질렀다.

"여태 그 고민을 하고 있었거든. 여러 상황을 따져 보니 라이베리아 국경 근처의 농촌 지역으로 가는 게 제일 좋을 것 같아. 외진 시골 마을이라 휴대전화도 잘 안 터질 테고. 그러면 그 사람들이 우리를 추적하기도 쉽지 않을 거야. 라이베리아 정부가 우리를 억류시킬 이유도 없고."

라이베리아……? 한 번도 들어 본 적이 없는 이름이었다.

"라이베리아는 말리 근처에 있는 곳인가요?"

잠시 침묵이 이어졌다.

"아니, 라이베리아는 대서양 쪽에 있는 나라야. 말리는 그로부터 훨씬 더 북쪽에 있고. 말리 근처가 아니라서 정말 미안하구나. 하디자가 너희를 고향에 데려다주겠다고 약속한 건 맞지만, 하디자도 이런 상황까지는 예측할 수 없었잖니? 그래도 너희를 안전한 곳으로 피신시키는 일까지는 할 수 있어. 하지만 말리까지 데려다줄 수는 없을 거 같아."

아줌마의 갈라진 목소리가 내 가슴을 산산이 부서뜨렸다. 내 마음은 마치 물에 던져진 진흙 덩이처럼 순식간에 흔적도 없이 녹아 사라질 것만 같았다.

세이두를 고향에 데려가려면 이제 다시 낯선 나라를 가로질러야 했다. 결국 최후의 순간에는 모두가 각자의 길을 갈 뿐이다. 그것이 오늘의 쓰디쓴 교훈이었다.

그때 내 머릿속에서 작은 목소리가 입을 열었다.

아냐, 그렇지 않아. 일이 엄청나게 꼬이기 했지만 하디자를 만나지 않았다면 세이두와 나는 농장을 탈출할 수 없었어. 또 카블랑 아줌마가 우리를 고향까지 데려다주지는 못한다지만, 어쨌든 지금 함께 도망치고 있잖아. 우리를 먹여 주고, 입혀 주고, 세이두에게 의사를 불러 준 것도 사실이야.

그런 생각들이 꼬리에 꼬리를 물고 이어지더니, 뜻밖에도 또 다른 장면들이 내 마음속에 그림처럼 펼쳐졌다. 세이두가 몰래 자루에 넣어 주었던 망고, 무사 사장에게 몽둥이질을 당하고 고꾸라져 있을 때 다가와 부축해 주었던 유수프와 아이들…….

그러고 보니, 유수프는 지금쯤 어디에서 무엇을 하고 있을까? 아마도 다시는 유수프를 만날 수 없을 것이다. 그 아이가 농장을 무사히 탈출했는지, 아니면 새로 잡혀 온 아이들과 함께 매일 밤 오두막에서 잠들고 있는지는 영원히 알 수 없겠지?

나는 지난 이 년 동안 세이두를 제외한 누구에게도 신경을 쓰지 않겠다고 다짐해 왔다. 하지만 그 모든 시간 동안, 나 스스로를 속여 왔다는 생각이 들었다.

"저기요……."

"왜 그러니, 아마두?"

"그 기사 말인데요. 카카오 농장에서 일하는 아이들의 이야기가 기사로 나가면 어떤 일이 벌어질까요?"

아줌마는 잠시 말이 없다가 힘겹게 입을 열었다. 짙은 후회가 담긴 목소리였다.

"아무 일도 없을 거다."

"아무 일도 없을 거라고요?"

이건 내가 기대한 대답이 아니었다. 갖은 협박과 수모를 당해도 굴하지 않고 글쓰기에 헌신한 기자에게서 나올 법한 대답이 아니었다.

카블랑 아줌마는 한숨을 푹 내쉬었다.

"기사는 쓰지 않기로 마음을 정리했어. 어쩔 수 없어. 난 이제 이 나라를 떠날 거고, 하디자한테 벌어진 일은 묻어 버릴 거야. 반쪽짜리 취재로 끝난 기사도 없었던 일이 될 수밖에……."

"안 돼요!"

나는 다급한 마음에 몸이 앞으로 확 쏠렸다.

"기사를 꼭 써 주셔야 해요! 안 그러면 우리의 입장을 대신 말해 줄 사람이 없어요."

잠시 침묵이 흘렀다.

"아줌마!"

"지금 당장 네가 원하는 답을 해 줄 수는 없겠구나. 미안하다, 아마두."

몇 분 후, 아줌마가 고른 숨을 내쉬며 잠이 들었다. 하지만 나는 잠을 잘 수도, 생각을 멈출 수도 없었다. 누군가 내 안의 벌집을 걷어찬 것처럼 내 생각은 독기로 가득 찼다.

하디자는 쫓기듯 먼 나라로 도망쳐 살게 될 터였다. 세이두와 나는 말도 통하지 않는 낯선 땅에 이대로 버려지겠지. 카블랑 아줌마의 기사는 세상에 나오지 않을 것이고, 세상 사람들은 카카오 농장에서 일하는 소년들의 운명 따위는 알 수 없을 것이다, 영원히……!

수천 명이라고, 카블랑 아줌마가 말했다. 부유한 집의 아이들에게 줄 초콜릿을 만들기 위해 동원되는 우리 같은 아이들이 수천 명이나 있다고. 그것은 매우 충격적인 숫자였다.

내가 오두막의 자물쇠를 때려 부수었을 때 나를 빤히 바라보던 유수프의 표정이, 잔뜩 겁을 먹은 채 유수프 뒤에 서 있던 아이들의 표정이 선명하게 떠올랐다. 세이두가 옳았다. 탈출할 때 그 아이들을 모두 데리고 나왔어야 했다.

나는 하디자와 세이두를 흔들어 깨웠다.

"우리, 얘기 좀 해."

하디자가 눈을 비비며 물었다.

"무슨 얘기?"

"너희 엄마가 기사를 마무리하지 않겠다고 하셨어."

"그래? 안타깝지만 어쩔 수 없지. 지금은 그거 말고도 급한 문제들이 많으니까."

"지금 우리 문제만 생각하면 나머지 아이들은 그냥 잊히고 말 거야. 너희 엄마가 기사를 써 주셔야 세상 사람들이 다 알게 될 거라고."

"그래서 달라지는 게 뭔데?"

"모르겠어. 어쩌면 달라지는 건 없을지도 몰라. 어쨌든 거기 갇혀 있는 애들한테 빚을 지고 있다는 느낌을 지울 수가 없어."

나는 내 마음을 더 잘 표현할 수 있는 단어를 찾기 위해 머리를 빠르게 굴렸다.

"너희 엄마가 그러셨잖아. 카카오 농장에서 일하는 아이들이 수천 명일 거라고. 하디자, 넌 그곳에서 지낸 육 일 동안 카카오 농장이 어떤 곳인지, 거기에서 무슨 일이 벌어지고 있는지 누군가에게 털어놓고 싶은 적 없었어? 그런 날은 영영 오지 않을까봐 매 순간 돌덩이가 가슴을 짓누르는 것 같지 않았냐고?"

세이두는 조용히 고개를 끄덕였고, 하디자는 들릴락 말락 한 목소리로 속삭였다.

"그 느낌이 뭔지 알아……."

"우리가 그 아이들을 위해 많은 일을 할 수는 없어. 하지만 우리에게는 걔들을 대신해 얘기할 기회가 생겼잖아."

"네 말이 맞아."

하디자가 말했다.

"그럼 이제 어떻게 하면 좋을까?"

세이두가 물었다. 언제 저렇게 어른스러워졌을까? 세이두는 더 이상 철부지가 아니었다. 나만의 귀뚜라미가 영영 사라져 버린 건 아닐까, 하는 생각에 가슴이 미어졌다.

"아줌마가 일어나면 기사를 마무리하시도록 설득하자. 우리 얘기를 들려 드리고 기사로 써 달라고 부탁하는 거야. 그게 우리가 할 수 있는 일이야."

하디자가 내 말을 받았다.

"굳이 기다릴 필요 있어? 지금 바로 하자."

나는 불과 몇 분 전에 아줌마가 얼마나 피곤해했는지가 떠올라서 말리려고 했지만, 하디자는 이미 엄마의 어깨를 세차게 흔들고 있었다.

"엄마!"

카블랑 아줌마가 깜짝 놀라며 잠에서 깨어나 운전대를 꽉 부여잡았다.

"왜? 무슨 일이야?"

"우리, 얘기 좀 해요."

하디자가 말했다.

"대체 무슨 일인데 그래?"

"기사를 써 주세요."

세이두가 말했다.

"뭐라고?"

내가 말했다.

"라이베리아로 가기 전에 기사를 써 주시면 안 될까요? 사람들에게 카카오 농장 얘기를 알려야 해요."

"얘들아……."

하디자가 엄마의 말을 가로챘다.

"기사 내용을 바꾸세요, 엄마! 카카오 농장을 직접 경험한 아이 세 명을 인터뷰하고 여태껏 취재한 내용을 덧붙이는 거예요."

갑자기 아줌마의 눈빛이 번뜩였다. 나도 거들었다.

"제발요. 말리에 있는 다른 어머니들을 생각해 주세요. 돌아오지 못할 자식들을 기다리고 있는 어머니들을요. 저희 얘기를 들려 드릴게요. 제발 도와주세요."

카블랑 아줌마는 입술을 지그시 깨물더니, 가방에서 수첩과 연필을 꺼내고 자세를 바로 했다.

"좋아, 시작하자."

우리는 농장에서 탈출한 이야기부터 시작했다. 이야기를 늘어놓는 틈틈이 카블랑 아줌마가 질문을 던졌다. 몇 명이 같이 일했어? 다른 아이들의 이름과 나이, 고향은 기억나니? 하루에 몇 시간이나 일했지? 쉬는 날은 있었니? 아플 때는 어떡하고? 질문과 답은 끝도 없이 이어졌다. 카블랑 아줌마는 우리의 이야기를 한 마디도 놓치지 않으려는 듯 꼼꼼하게 받아 적었다.

"옛날부터 말리에서는 수확철에 젊은이들이 돈을 벌기 위해 집을 떠나는 일이 많았어요. 노인과 여자들만 남아 농사를 짓고요. 시카소의 버스 기사를 믿는 게 이상하다는 생각은 하지 못했어요. 농장의 일자리를 소개해 준다니까 괜찮을 거라고 믿었지요. 그런데 농장에 도착한 뒤에 버스 기사가 농장 주인과 말다툼을 벌이는 거예요. 우리는 그게 무슨 상황인지 이해하지 못했어요. 한참을 실랑이하더니, 결국 농장 주인이 버스 기사에게 돈을 건넸어요. 농장 주인은 왜 우리가 일을 하기도 전에 돈부터 줄까? 그리고 왜 우리가 아니라 버스 기사에게 돈을 줄까? 어쩌면 소개비 내지는 수고비를 좀 주는 걸 수도 있겠다고 생각했어요. 버스 기사는 우리에게는 아무런 설명도 없이 쌩하니 가 버렸지요. 우리는 당장 그날부터 농장에서 일을 하기 시작했어요."

세이두가 끼어들었다.

"그날 밤, 자물쇠를 채운 오두막 안에서 우리가 속았다는 걸 알게 됐어요. 우리보다 먼저 농장에 들어온 아이들이 귀띔해 주었거든요."

내가 덧붙였다.

"농장 주인들은 우리 몸값을 이미 지불했다면서 그 돈만큼 일해서 갚으면 집으로 보내 주겠다고 했어요. 하지만 도대체 얼마를 갚아야 하는지는 말해 주지 않았어요. 아이들이 농장에서 제 발로 걸어 나가는 경우를 한 번도 본 적이 없어요. 물론 품삯을 받은 적도 없고요."

카블랑 아줌마는 잠시 연필을 내려놓고 손가락을 주물렀다.

"얘들아, 이런 일을 겪게 해서 정말 미안해. 이건 아주 잔인한 먹이 사슬이구나."

아줌마는 마치 밖으로 새어 나온 진실을 달래 주기라도 하듯 손가락으로 여태껏 적어 내린 글씨들을 어루만졌다.

카블랑 아줌마는 계속하자며 활기차게 손짓을 했다. 마음의 감옥 속에 갇혀 있던 기억들이 봇물처럼 풀려나왔다. 우리의 이야기가 세상으로 뻗어 나간다는 생각만으로도 뿌듯함이 차올랐다. 하지만 이야기가 막바지로 치달을수록 곧이어 닥칠 피할 수 없는 문제가 떠올라 가슴이 답답해졌다.

그렇다. 아무리 생각해도 고향으로 돌아가는 것은 좋은 생각이 아니었다. 만약 가뭄이 계속되고 있다면 돈을 벌기 위해 다시 고향을 등져야 할 것이다. 그렇게 길을 나섰다가 또 다른 농장으로 팔려 가지 않으리란 법이 없었다. 한쪽 팔만 남은 세이두는 또 어떤 인생을 살 것인가? 세이두가 거칠디거친 농장 생활을 무사히 해 낼 방법은 없어 보였다. 또다시 내가 세이두를 책임져야 할 테지.

그러다가 문득 기막힌 생각이 떠올랐다. 당장 그보다 더 좋은 선택은 없는 듯했지만, 동시에 소름 끼치는 생각이기도 했다.

인터뷰가 끝나고 카블랑 아줌마가 수첩을 덮었다.

"카블랑 아줌마, 부탁이 하나 있는데요."

아줌마는 자동차 거울로 나와 시선을 마주치고는 슬픈 표정을 지었다.

"아마두……, 미안하다. 법적 서류가 준비되지 않은 상태여서 너희를 프랑스로 데려갈 방법이 없구나."

물론 나는 하디자 엄마가 우리를 그 먼 달나라까지 데려갈 수 없다는 사실을 잘 알고 있었다.

"그런 부탁을 드리려던 건 아니고요. 저랑 세이두를 전에 말씀하셨던 카카오 농장에 데려다주실 수 있을까요? 일꾼한테 제대로 품삯을 주는 농장도 있다고 하셨잖아요……?"

나는 침을 꿀꺽 삼키고 말을 이었다.

"거기서 일자리를 얻을 수 있을까 해서요."

그 농장으로 가는 길은 아주 멀리 돌아가야 했지만, 아줌마는 기꺼이 그렇게 해 주기로 했다. 하디자와 세이두, 나는 지프차 뒷좌석에서 우리 곁을 지나치는 풍경을 조용히 감상했다. 나는 세이두가 창밖을 내다볼 수 있게 자리를 바꾸어 주었다.

얼마나 많은 시간이 흘렀을까? 갑자기 눈앞에 카카오 숲이 나타났다. 긴장으로 몸이 절로 굳어졌다. 그때 하디자가 내 손을 꽉 잡아 주었다.

"다 잘될 거야. 안전하게 일하고 돈도 벌 수 있을 거야."

하디자의 목소리가 떨리고 있었다. 내 안에서 작은 버러지 같은 두려움이 속삭였다.

그래, 너나 나나 꼭 그렇게 되기를 바라 마지않지만, 과연 그 바람을 믿어도 되는지에 대해서는 우리 둘 다 확신을 못 하지.

어찌 되었든 하디자는 내 인생에서 영영 떠나가려 하고 있었다. 나는 마주 잡은 손가락을 꼭 쥐고서 하디자의 얼굴을 눈으로 더듬어 갔다. 아몬드 모양의 눈, 갸름한 얼굴, 마침내 끝까지 땋아 목 아래에 단정히 매듭지은 머리카락⋯⋯. 하나하나 잘 기억해 두고 싶었다. 이제야 겨우 살쾡이 다루는 법을 깨쳤는데, 영영 헤어질 거라는 생각이 들자 가슴이 아려 왔다.

상페드로에 있는 하디자네 집에 갔던 게 바로 어제였다는 사실이 믿기지 않았다. 어둠 속에서 코코아를 홀짝거린 게 바로 어젯밤이라는 사실도⋯⋯. 심지어 열흘 전에는 하디자가 이 세상에 존재한다는 사실도 알지 못했다. 그러던 내가 이제 다시 새로운 농장으로 가고 있었다. 가슴이 아프도록 익숙한 풍경이 눈앞에 펼쳐지고 있었다.

"잠시 차에서 기다리렴."

카블랑 아줌마가 운전을 멈추고 차에서 내려 흙벽으로 둘러싸인 낮은 건물로 들어갔다.

"여기는 정말로 안전한 곳일까?"

세이두가 두려움이 가득한 목소리로 속삭였다.

"글쎄, 일단 카블랑 아줌마를 믿어 보자. 만약 아줌마가 말한 대로라면 우리한테는 더할 나위 없이 좋은 곳이야. 만약에 아니라면……."

나는 어깨를 으쓱하며 세이두와 눈을 맞추었다.

"또 도망치면 되지, 뭐. 한 번 해 봤잖아. 네가 안전해질 때까지 난 포기하지 않을 거야."

세이두는 그윽한 눈길로 내 눈을 들여다보더니 몸을 꼿꼿이 폈다.

"좋아, 나도 할 수 있어."

"알아, 너도 할 수 있다는 거."

나도 맞장구를 쳤다.

하디자가 마치 흠결을 잡으려는 듯, 농장 이곳저곳을 꼼꼼히 뜯어보며 말했다.

"일단 그 농장보다는 깨끗해 보여. 여기는 엄마가 말씀하신 대로일 거야."

마침내 카블랑 아줌마가 키가 큰 아저씨와 함께 건물 밖으로 나왔다. 건물 입구에서 아줌마가 지갑을 뒤적거리더니 아저씨에게 돈을 건넸다. 내 안에 있던 두려움이 점점 더 커졌다. 목구멍으로 자꾸 마른침이 넘어갔다.

아닐 거야. 너무 오랫동안 아무도 믿지 않고 살아서 그래. 이제 그러지 말자.

카블랑 아줌마가 차로 성큼성큼 걸어와 뒷좌석 문을 열었다.

"이분은 압둘라예 아저씨란다. 이 아이들이 제가 말씀드린 아마두와 세이두예요."

"안녕, 얘들아."

"안녕하세요?"

나와 세이두는 차 밖으로 내려섰다. 아줌마가 우리에게 미소를 지으며 말했다.

"처음에 자리를 잡으려면 돈이 필요할 것 같아서 압둘라예 아저씨께 돈을 좀 맡겼어. 학교에 가지 않을 때는 일을 해도 좋대. 만약 말리로 돌아가고 싶어지면 언제든 아저씨께 말씀드리면 돼. 아저씨가 교통편을 마련한 다음에, 프랑스로 청구서를 보내주기로 하셨으니까."

나는 압둘라예 아저씨를 바라보며 말했다.

"전에 카카오 농장에서 일해 봐서 잘할 자신은 있어요."

"카블랑 부인도 그렇게 말씀하시더구나. 몇 살이니?"

"여기서 일하려면 몇 살이어야 하는데요?"

압둘라예 아저씨가 갑자기 고개를 뒤로 젖히고 껄껄껄 웃음을 터뜨렸다. 그 바람에 힘줄 많은 목울대가 씰룩거렸다.

"흠, 우리 농장에서는 어른만 고용하는데……. 네가 생계를 책

임져야 한다고 하니까, 학교 수업이 없는 반나절 동안만 일하게
해 줄게. 그래도 열일곱 살은 되어야지."

"와, 이런 우연이! 사실 어제가 제 생일이었거든요. 어제 딱 열
일곱 살이 됐어요."

압둘라예 아저씨가 다시금 사람 좋게 허허 웃었다. 기분 좋은
웃음이었다. 어쩌면 여기는 괜찮은 곳일지도 모르겠다. 카블랑
아줌마도 함박웃음을 터뜨렸다.

"생일 축하한다. 그리고 환영해."

압둘라예 아저씨가 우리에게 손을 내밀며 말했다.

카블랑 아줌마는 나와 세이두를 다정한 눈빛으로 바라보았다.

"잘 있어, 애들아. 하디자를 도와줘서 진심으로 고마워. 너희
기사는 꼭 내보낼게. 나중에 기사가 실린 지면을 복사해서 이리
로 보내 줄 테니까, 내가 약속을 얼마나 잘 지키는지 두고 봐."

나는 아줌마에게 손을 내밀었다.

"도와주셔서 고맙습니다."

아줌마는 내 손을 부드럽게 마주 잡더니 다시 차에 올라탔다.
하디자가 재빨리 차에서 내려 세이두를 꼭 안아 주었다.

"누나, 가지 마!"

세이두는 훌쩍이면서 성한 팔로 하디자를 끌어안았다. 하디
자가 다정한 목소리로 말했다.

"지금은 가야 해. 하지만 언젠가 다시 만나길 바라. 어디든 도

착하는 대로 편지부터 쓸게. 그럼 답장해 줄 거지?"

글자를 읽을 줄도 모르는 주제에 세이두가 고개를 끄덕였다. 결국 둘은 얼싸안고 엉엉 울음을 터뜨렸다.

"됐어. 이제 그만 하디자를 보내 주자."

나는 세이두의 어깨에 팔을 둘렀다. 하디자는 몸을 곧추세우고는 나와 시선을 마주쳤다. 잠시 침묵이 흘렀다.

"프랑스까지 조심해서 가."

"너도 잘 있어."

서로를 말없이 바라보다가 또다시 침묵이 이어졌다. 갑자기 하디자가 다가와 두 팔로 나를 감싸 안았다. 놀랍게도 거의 동시에 나도 하디자를 꼭 끌어안았다. 한동안 우리는 그렇게 가만히 서 있었다.

"널 잊지 않을게, 살쾡이."

"당연히 못 잊지. 우리는 가족이니까."

하디자는 우리 둘을 크게 한 번 더 감싸 안더니 몸을 돌려 차에 올라탔다.

하디자가 뒷창문을 돌아보며 우리에게 손을 흔들었다. 우리도 손을 흔들었다. 새하얀 지프차가 멀어져 갔다. 하디자가 시야에서 완전히 사라질 때까지 우리는 손을 내리지 않았다.

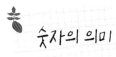

숫자의 의미

나는 여전히 중요한 것들을 센다. 농장에 오고 정확히 십칠 주 후에 압둘라예 아저씨는 세이두를 병원에 데려가 새로운 팔을 달아 주었다. 효과는 이 주 후에 나타났다. 사 주하고도 절반이 지나자, 세이두는 의수를 쉽게 사용할 수 있게 되었다. 존재하지도 않는 팔의 통증을 호소하지 않게 된 것은 그로부터 이십구 일 후였다.

그때부터는 차차 편안해졌다. 노인의 눈빛이 어려 있는 건 여전하지만, 귀뚜라미의 모습 역시 간직하고 있었다. 이리 폴짝 저리 폴짝 뛰어다니는 데는 잃어버린 한쪽 팔이 전혀 문제가 되지 않는 듯했다.

프랑스에 도착한 하디자에게서 첫 편지를 받기까지는 삼 개월이 좀 넘게 걸렸다. 편지 봉투 안에는 '파트마 카블랑' 기자의 기사가 실린 지면이 함께 들어 있었다. 세이두가 글자를 배워서 내게 하디자의 편지를 읽어 주기까지는 오 개월이 더 걸렸다.

그리고 삼 개월 뒤, 세이두는 답장도 쓸 수 있게 되었다. 내 글씨는 잉크에 담근 닭발이 종이 위에서 닭싸움이라도 벌인 것처럼 괴발개발이었다. 선생님 말씀에 따르면 마체테보다 작은 물건을 다뤄 본 적 없는 아이가 처음 쓰는 것치고는 그런대로 괜찮은 편이라나. 하지만 세이두에 비하면 잘하는 것도 아니었다. 녀석은 한쪽 팔로도 고삐 풀린 망아지처럼 학교를 완전히 장악해 버렸으니까.

먹을 게 충분해 음식을 숨겨 놓지 않는 데 익숙해지기까지는 칠 개월이 걸렸다. 이 농장에서는 아무도 나를 때리는 않는다는 사실을 깨닫는 데는 그로부터 이 개월이 더 걸렸다. 사람들이 가까이 다가와도 움찔하지 않게 되는 데에는 일 년이라는 시간이 걸렸다. 세이두가 선생님에게 교사의 자질이 보인다는 이야기를 들은 건 바로 지난주의 일이었다.

"팔이 꼭 두 개여야만 교사가 되는 건 아냐. 머리가 빨리 돌아가야지."

선생님은 그렇게 말했다. 세이두는 헛바람이 잔뜩 들어서 지난 일주일 내내 구름 위를 걸어 다녔다.

매주 금요일이면 우리는 주급을 받는다. 현재까지 오십사 주 동안 정확히 금요일에 주급을 받았다. 그런 금요일을 스무 번 더 지나고 나면 우리는 처음으로 고향을 방문할 수 있을 것이다.

말리까지 갈 교통비에 할아버지와 고모에게 줄 약간의 돈, 다시 돌아올 때 필요한 차비까지 문제없을 정도로 돈을 많이 모았다. 그때가 되면 나는 삼 주 동안만 주급을 받지 못하고, 세이두는 삼 주 동안만 학교를 빠질 것이다.

이제 내가 세지 않는 게 몇 가지 생겼다. 매일 카카오 숲에서 일하고 숙소로 돌아갈 때, 자루에 열매가 몇 개나 들어 있는지 알지 못한다.

나는 앞으로도 중요하지 않은 것들은 세지 않을 것이다.

1억 5천만 어린이 노동자들에게 공정한 대우를!

'신들의 음식'이라고 불리는 카카오는 한때 그 가치가 어마어마했습니다. 고대에는 카카오 콩이 돈 대신 사용되기도 했을 정도니까요. 요즘엔 카카오가 그저 아무 생각 없이 소비되는, 저렴하고 달콤한 먹거리에 불과하지요. 하지만 카카오를 얻기 위해 치러야 할 대가는 아직도 어마어마합니다.

아마두와 세이두, 그리고 하디자는 가상의 인물이지만, 이 책에 담긴 이야기는 많은 아이들이 실제로 경험한 것입니다. 믿기 어렵겠지만, 오늘도 수천 명의 아이들이 지구 반대편에 있는 다른 아이들을 위해 초콜릿을 생산하는 노예로 살아가고 있습니다.

전 세계에서 소비되는 코코아의 원재료(카카오) 가운데 4분의 3에 해당하는 양이 아프리카에서 재배되고 있는데, 그중 40퍼센트가 코트디부아르에서 생산되고 있습니다. 하지만 카카오를 생산하는 소규모 농가들은 낮은 가격과 끊이지 않는 내전, 높은 세금 등 여러 가지 요인으로 거의 돈을 벌지 못합니다. 그럼에도 카카오 농장을 유지하는 데는 끝없이 비용이 들고, 기후에 따른 흉년이나 병충해를 감수해야 하지요.

또 카카오는 주식 작물이 아닌 환금(판매용) 작물이기에, 농부들은 식량을 따로 마련해야 합니다. 사정이 이렇다 보니 카카오 농가는 수확철마다 벌어들이는 적은 돈으로는 생산 비용을 충당하지 못하게 됩니다.

그것에 따른 피해는 고스란히 농장의 일꾼들에게 돌아갑니다. 일꾼들에게 공정한 임금을 지급하지 않게 되니까요. 그래서 일꾼들은 현대판 노예와 다름없는 생활을 하게 되지요. 그 피해자는 대부분 어린이와 청소년입니다.

미국의 경우에는 노동에 따른 최소 연령 조건 및 의무 공교육 제도가 있습니다. 하지만 모든 나라가 다 그런 것은 아닙니다. 유니세프는 전 세계 인구의 15퍼센트인 약 1억 5천만 명의 아이들이 잠재적으로 유해한 환경에서 일하고 있는 것으로 추정하고 있습니다.

초콜릿의 주요 성분인 카카오가 어떻게 생산되는지 인지하도록 초콜릿 회사들을 압박하는 노력은 계속되어 왔습니다. 그러나 초콜릿 회사들은 마땅한 조치를 취하지 않았습니다. 초콜릿의 생산 과정에서 어린이와 청소년의 노동을 근절하기 위한 절차를 마련한 하킨-엥겔 의정서가 발표되기도 했습니다. 하지만 실제로 변한 것은 거의 없습니다.

초콜릿 회사들은 카카오의 낮은 거래 가격을 중요시하기에, 머나먼 대륙에서 아이들을 노예로 팔아넘기는 인신매매 조직들과 자신들은 아무 상관이 없다는 입장을 고수합니다. 코트디부아르의 국경에서 범죄 조직들은 계속해서 아무런 제재 없이 아이들을 팔아넘깁니다. 그런 까닭에 아이들은 아무런 보호를 받지 못한 채 계속해서 강제로 일하고 있습니다.

그나마 다행인 것은 초콜릿 회사가 소비자 없이는 존재할 수 없다는 점입니다. 초콜릿 산업 실태에 관해 마음이 쓰인다면 소비자로서 해 볼 만한 일들이 있습니다.

평소 좋아했던 초콜릿 회사에 이메일이나 편지를 보내 볼 수 있겠지요. 또는 초콜릿 생산 과정에서 생산자의 빈곤을 감소시키는 약속을 하도록 SNS로 요청하는 방법도 좋겠습니다. 아니면, 밸런타인데이에 초콜릿을 주고받는 대신 초콜릿 산업의 문제점에 대해 토론해 보는 것은 어떨까요? 어찌 되었든 좋아하는 먹거리를 즐기기 전에 다 같이 진지하게 생각을 나누어 봅시다.

이 책을 쓰고 있던 2013년 여름, 안전 문제로 코트디부아르에는 다녀오지 못했지만, 아이티의 라파발이라는 공정 무역 카카오 농장을 방문한 적이 있습니다. 리모네이드라는 작은 마을로, 여성들이 초콜릿을 판 수익금으로 지역 사회와 가족을 도우며 사는 곳이었습니다.

거래 가격이 하락할 때도 카카오 재배자에게 최저 가격을 보장하는 공정 무역 초콜릿. 그러나 아쉽게도 공정 무역 초콜릿이 근본적인 해결책이 되지는 못합니다.

장기적인 해결책은 경제적 측면뿐만 아니라 정치적 권한 이양과 교육 문제까지도 포함해야 하기 때문입니다. 그나마 다행인 것은 공정 무역 초콜릿이 카카오를 재배하는 작은 농가들의, 뼈에 사무치는 듯한 가난을 해결하는 데에는 하나의 방법이 될 수 있다는 것입니다.

초콜릿 생산 과정에서의 아동 노예 제도를 근절하기 위해 우리가 할 수 있는 일을 비롯해 (아니면 자기 생각을 공유하는 것도 좋습니다!) 이 책에서 제기한 문제에 관해 더 자세한 내용을 확인하려면 제 홈페이지 www.TaraSullivanBooks.com을 방문하시기 바랍니다.

2015년 6월 1일

타라 설리번

나는
초콜릿의
달콤함을
모릅니다

첫판 1쇄 펴낸날 2017년 5월 30일
22쇄 펴낸날 2024년 11월 22일

지은이 타라 설리번 **옮긴이** 이보미
발행인 조한나
주니어 본부장 박창희
편집 박진홍 정예림 강민영
디자인 전윤정 김혜은
마케팅 김인진
회계 양여진 김주연

펴낸곳 (주)도서출판 푸른숲
출판등록 2003년 12월 17일 제2003-000032호
주소 경기도 파주시 심학산로 10, 우편번호 10881
전화 031) 955-9010 **팩스** 031) 955-9009
이메일 psoopjr@prunsoop.co.kr **인스타그램** @psoopjr
홈페이지 www.prunsoop.co.kr

ⓒ 푸른숲주니어, 2017
ISBN 979-11-5675-141-0 44840
978-89-7184-419-9 (세트)